—

드래곤
레이드
DRAGON
RAID

드래곤 레이드 1
크레도 퓨전 판타지 소설

초판 1쇄 찍은 날 § 2016년 12월 20일
초판 1쇄 펴낸 날 § 2016년 12월 27일

지은이 § 크레도
펴낸이 § 서경석

편집책임 § 조은상
편집 § 김현미

펴낸곳 § 도서출판 청어람
등록번호 § 제387-1999-000006호
등록일자 § 1999. 5. 31
어람번호 § 제1-2587호

주소 § 경기도 부천시 부일로 483번길 40 서경B/D 3F (우) 14640
전화 § 032-656-4452 팩스 § 032-656-4453
http://www.chungeoram.com
E-mail § chungeorambook@daum.net

ISBN 979-11-04-91104-0 04810
ISBN 979-11-04-91103-3 (세트)

FUSION FANTASTIC STORY

크레도 퓨전 판타지 장편소설

드래곤 레이드 1

DRAGON RAID

도서출판 청어람

드래곤
레이드
DRAGON
RAID

CONTENTS

CHAPTER 1

혼란의 시작

마치 세계를 뒤집을 것 같은 울부짖음이 들려왔다. 고통이 가득 담긴 울부짖음을 그는 기분 좋은 미소를 지으며 바라보았다.

허나 그는 결코 그가 짓고 있는 미소처럼 기분 좋은 몸 상태가 아니었다. 부서진 갑옷 사이로 보이는 몸은 화상으로 얼룩져 있었고 검이 들려 있던 손은 이미 사라진 지 오래였다.

하지만 그는 고통을 느끼지 않는 듯 소리 내어 웃었다.

당연했다.

이것은 단지 게임일 뿐이고, 통감 조절로 인해 가벼운 욱신거림 정도밖에 느껴지지 않았기 때문이다.

"드디어 잡았다!"

그는 기쁨이 가득한 목소리로 그렇게 외쳤다. 그동안 겪은 고생이 뇌리 속을 스쳐 지나갔다. 반복된 노가다 퀘스트, 그리고 레벨 업의 힘으로 보스 몬스터 중에 사상 최강이라고 알려진 고대의 용신 아르카다즈를 잡은 것이다. 그것도 파티가 아닌 솔로로 잡은 것이라 이 업적은 전 세계 플레이어들에게 길이길이 전설로 남을 게 분명했다.

쿠오오오!

울부짖던 거대한 용이 쓰러지기 시작했다. 거대한 빌딩 여러 채를 합쳐놓은 듯한 크기의 용이 쓰러지자 단단한 크리스털 바닥에 균열이 생기고 잔해가 하늘 위로 치솟아 올랐다.

콰가가가가!

"오! 연출 죽이네."

그는 그러한 광경을 바라보며 감탄할 뿐이었다. 고대 용신 아르카다즈가 죽음을 맞이하는 연출을 본 자는 그가 유일할 것이다. 개발자들이 신경깨나 쓴 듯 마치 영화를 보는 듯했다.

[크흑, 내가… 내가 한낱 인간 따위에게 당하다니! 그러나 듣거라, 필멸자여! 나는 곧 부활하여 이 세계를 나의 것으로 만들고 말 것이다!]

"우려먹기는 재미없는데."

[나에게 끝까지 치욕을 선사하다니! 그대의 이름을 기억하겠다, 이신성!]

"음?"

신성은 아르카다즈가 자신의 게임 상의 닉네임이 아닌 본래의 이름을 부르자 깜짝 놀라며 아르카다즈를 바라보았다. 아르카다즈에게 물어보고 싶었지만 정해진 말 외에는 할 수 있을 리가 없었다.

신성은 그저 시스템의 오류 정도로 생각하며 대수롭지 않게 넘겼다. 아무리 현실과 비슷하다고는 하나 어차피 게임이니 버그가 있을 수밖에 없기 때문이다.

아르다카즈의 몸이 분해되기 시작하더니 환한 빛무리에 감싸이며 하늘 위로 치솟았다. 하늘에 드리워진 어둠이 걷히고 따스한 빛이 세계로 퍼져 나가며 대지를 밝혀주었다.

[고대의 용신 아르카다즈 토벌이 완료되었습니다.]
[LEVEL UP×10]
[아르케디아 최초로 999Lv을 달성하였습니다.]

레벨이 오르는 순간 신성의 모든 부상이 회복되었다. 신성은 두 주먹을 불끈 쥐며 웃음을 터뜨렸다. 드디어 최초로 999레벨에 도달했기 때문이다.

"마지막 각성을 포기한 것이 잘한 건지 모르겠지만……."

마지막 각성.

마지막 각성의 기회는 모든 캐릭터에게 한 차례씩 부여되는데 800레벨에 이르러 자신이 선택한 종족과 관련된 상위 종족으로 각성하는 것이 보통이다. 예를 들어 엘프일 경우에는 엘프의 상위 개체인 하이엘프로 각성할 수 있게 되는 것이다. 만약 마지막 각성을 한다면 더 이상의 특수한 각성은 불가능했다.

처음 게임을 시작할 때 고를 수 있는 종족으로는 휴먼, 엘프, 드워프, 페어리, 그리고 수인족 등이 있다. 각 종족 별로 빠르게 발전할 수 있는 스탯과 스킬이 있었는데 신성이 고른 휴먼은 모든 스탯이 균등하게 자라나는 장점이 있었지만 다른 말로 바꿔보면 어느 한 가지도 정점에 이르기가 극도로 힘들다는 말이 된다.

그는 휴먼 종족의 단점을 극복하는 상위 종족인 엘더로 각성할 수 있음에도 불구하고 하지 않았다.

그 이유는 그가 999레벨에 도달하여 고대 용신 아르카다즈를 잡은 것과 관련이 있었다.

각성 환생.

999레벨에 이르게 되면 기존에 선택한 종족을 벗어나 다른 최상위 종족으로 환생을 할 수 있는 시스템을 뜻한다.

아르케디아 온라인 공식 사이트에서 게시한 장난스러운 이벤트성 시스템이었지만 그 실체는 분명히 존재했다.

조건 자체가 극악이었는데.

1. 999Lv, 즉 만렙에 도달할 것.
2. 모든 보스 몬스터를 잡을 것.
3. 모든 메인 퀘스트 및 토벌 퀘스트를 완료할 것.

세 가지였다. 이 세 가지만 보면 결코 불가능한 일은 아니었다. 하지만 모든 플레이어가 각성 환생을 포기한 가장 치명적인 이유가 존재했다.

"분명 1레벨로 돌아간다고 했지."

지금까지 이룬 모든 힘을 포기해야만 했다. 누가 힘겹게 이룬 모든 레벨을 포기할 수 있단 말인가. 800레벨에서 이루어지는 마지막 각성은 그런 페널티가 단 하나도 존재하지 않았다. 오히려 스킬이나 스텟에서 큰 이득을 받았다.

환생을 하게 된다면 최상위 종족의 추가 스텟과 상위 스킬을 가지고 시작할 수 있고 해당 종족의 NPC와의 친밀도도 최상이라는 이득이 있었지만 분명 모든 힘을 포기할 만한 정도는 아니었다.

신성은 999레벨, 만렙이었다. 지금 마지막 각성을 해서 엘더로 진화하게 된다면 그는 명실상부한 아르케디아 온라인의 최강자가 될 수 있었다.

999레벨을 포기하고 1레벨로 돌아가는 것은 어찌 보면 바보 같은 짓이었다. 999레벨에만 머물러 있어도 대기업 직장인 못지않은 수입이 들어왔고 게임 속에서 대단한 권력을 휘두를 수 있었다.

현재 신성의 바로 밑에 있는 2위가 아직 881레벨인 것을 보면 한동안 그를 따라잡을 자는 없을 것이다. 그가 999가 되기까지는 개발자들도 예상하지 못한 약간의 꼼수가 작용했다. 24시간 게임에만 매진하는 그만이 쓸 수 있는 비법이다.

그런 이익을 포기하고 다시 1레벨로 돌아갈 필요가 있을까?

신성은 갑자기 드는 그런 생각에 피식 웃고는 고개를 내저었다.

"당연히 해야지. 재미있으니까!"

게임은 그의 인생의 전부였다. 현실에서 느껴보지 못한 모든 감정을 모두 느끼게 해주었다. 무엇보다 살아갈 재미를 주었다.

그거면 충분했다.

그러기 위해 지금까지 꾹 참고 달려온 것이다.

앞으로 재미있는 일이 더 많이 일어날 테니 그의 선택은 정해져 있었다.

[모든 조건이 완료되었습니다.]
[마지막 각성을 포기하고 각성 환생을 하시겠습니까?]

눈앞에 떠오른 창이 보인다. 신성은 망설임 없이 승인 버튼을 눌렀다. 그러자 빛무리가 그의 몸에서 빠져나오기 시작했다. 마치 경험치가 빨려 나가는 듯한 광경이다.

[새로운 종족이 해금되었습니다.]
[고대의 용신 아르카다즈 토벌에 성공하여 최상위 종족인 '드래곤의 가능성'이 발견되었습니다.]

"드래곤?"

눈앞에 떠올라 있는 여러 최상위 종족 중에 가장 화려한 글자로 쓰여 있는 '드래곤의 가능성 드래고니안'이라는 종족이 보인다.

"고대 용신의 피를 이어받아 드래곤이 될 수 있는 유일한 종족?"

고대의 용신 아르카다즈를 잡았기 때문에 열린 혜택이었다. 최상위 종족에는 그가 눈독 들인 빛의 엘프나 정령신 등

탐나는 종족이 존재했다.

빛의 엘프나 다른 최상위 종족은 이미 NPC로 나와 있어 관련된 정보가 있었다. 그러나 드래고니안에 대해서는 전혀 알려진 바가 없었다.

신성은 그것이 마음에 들었다. 알려지지 않은 것을 알아가는 재미는 분명 굉장할 것이다. 빛의 엘프 위에 올라가 있던 손이 드래고니안 위로 이동했다.

[드래곤의 가능성 드래고니안을 선택하시겠습니까?]

"그걸로 간다."

확인 버튼을 누르자마자 신성의 몸이 갈라지며 엄청난 빛이 터져 나갔다. 그와 동시에 경험치 바가 급속도로 깎여 나가더니 빠르게 레벨 다운이 시작되었다.

허무한 마음이 들었지만 신성은 결코 후회하지 않았다.

[드래고니안 종족의 보정으로 프로필 정보가 수정됩니다.]

"프로필 정보?"

신성은 뭔가 있나 보다 하고 그냥 고개를 끄덕였다. 레벨이 1로 바뀌는 순간 그의 몸이 사라지며 하나의 빛 덩어리가 되었다. 처음 이 게임을 시작할 때와 같은 모습이다. 신성은 벌써부터 해야 할 일을 머릿속으로 생각하며 계획을 잡기 시작했다.

그가 느긋하게 종족 변환이 이루어지길 기다릴 때였다.

치지지직! 콰앙!

"뭐, 뭐야?! 크아악!"

갑자기 화면이 치지직거리면서 폭발음이 들려왔다. 곧이어 온몸이 타는 듯한 고통이 자신에게 밀어닥치자 그는 비명을 질렀다.

"으윽… 미친!"

전기로 지지는 듯한 감각을 끝으로 고통이 점차 진정되기 시작했다.

신성은 거친 숨을 몰아쉬며 자신의 몸을 내려다보았다. 자신의 손과 초보자용 복장을 입고 있는 몸이 보인다.

몸을 손으로 만져보니 너무나 현실적인 감각이 느껴졌다. 게임 속에서는 절대 느낄 수 없던 감각이다.

휘이이이!

바람이 느껴졌다. 상쾌한 바람에 신성은 고개를 들어 정면을 바라보았다. 게임을 처음 시작할 때 보이는 하얀 화면이 일그러지더니 유리창 깨지듯이 단번에 깨져 버렸다.

그리고 깨진 화면 뒤에 보이는 세상은…….

"서울?"

길게 늘어서 있는 자동차, 하늘을 향해 우뚝 솟아 있는 건물들, 밤이 깊었음에도 화려한 불빛이 살아 숨 쉬는 서울이었다.

"뭐야? 이게 어떻게 된 거야?"

"여기 혜화역 앞이잖아? 내가 왜 여기에 있는 거지?"

"야! 너, 너, 게임 캐릭터 그대론데?"

"미친! 너도 그래! 엘프잖아!"

현대 도시와 절대 어울리지 않는 수많은 사람들이 도로와 길가를 모두 막고 우뚝 서 있었다. 그들도 신성과 마찬가지로 이 상황이 전혀 이해가 되지 않는 것 같았다.

빵빵!!

"야, 이 미친 오덕 새끼들아! 저리 안 비켜?"

"도로에서 단체로 뭐 하는 거야!"

도로에 서 있는 수많은 휴먼, 엘프, 드워프, 그리고 수인족이 멍한 표정으로 빵빵거리는 자동차를 바라보고 있다. 신성 역시 그들 가운데에 끼어 똑같은 행동을 할 수밖에 없었다.

가장 먼저 정신을 차린 것은 신성이었다. 그답지 않게 금세 냉정을 되찾고 주변을 둘러볼 수 있게 되었다.

'갑자기 게임이 끊기더니 서울 한복판에 나타났다고?'

신성은 적어도 몇 만 명은 될 것 같은 게임 캐릭터들을 바라보았다. 공통점이 있다면 그들 모두 자신과 같은 초보자 복장이라는 것이다. 클래스에 맞게 초보 갑옷과 로브 따위를 입고 있었다.

"1레벨?"

"뭐가 뭔지 모르겠어."

"뭐야, 이거?"

점차 상황을 판단하기 시작한 이들의 목소리가 들려왔다. 그들 중에는 아르케디아의 최상위 랭커이던 자들의 얼굴도 보였다. 그들은 물론이고 모두가 1레벨을 나타내는 마크를 옷에 달고 있었다.

"야, 야! 저, 저, 저거 봐봐!"

"미친! 달이 두 개야!"

"저, 저, 저기 봐! 천공의 도시 세이프리가 보여!"

"여기 혜화역 아니었어? 뭐가 어떻게 된 거야!"

신성 역시 고개를 들어 하늘을 바라보았다. 다른 이들과 마찬가지로 입을 떡 벌리며 하늘 위에 펼쳐진 광경을 바라볼 수밖에 없었다.

초보자 도시로 유명한 천공의 도시 세이프리가 서울 상공 위에 떠 있었다. 그리고 그런 세이프리를 밝혀주는 은은한 두 빛이 존재했다.

늘 보던 아름다운 지구의 달, 그리고 그 옆에 고고하게 떠 있는 푸른 달.

아르케디아의 루나였다.

*　　　　*　　　　*

전이의 날.

전 세계의 수십만 명에 달하는 아르케디아 플레이어가 모두 지구로 전이되어 온 날. 그날은 인류 역사에 한 획을 그은 날이라고 해도 과언이 아닐 것이다.

그날은 무척이나 혼란스러웠다. 각종 사건 사고가 계속해서 터졌다. 통칭 아르케디아인이라 불리는 플레이어들은 자신들을 위협할 기세로 들이닥치는 군 병력에 놀라 날뛰었고, 한 차례 교전이 발발하기도 했다.

다행히도 다친 사람은 없었다.

[20Lv에 이르러 1차 각성을 하기 전까지 주민들을 공격할 수 없습니다.]

이런 창이 떠올랐다.

아르케디아 플레이어는 20레벨에 도달하기 전까지 P.K를 포함한 인간형 NPC에 대한 살인을 할 수 없었다. 신기하게도 군인이나 사람들을 NPC로 분류하는 모양이었다.

그리고 지구의 물건들은 그들에게 일정 이상의 대미지를 입힐 수 없었다.

"여신 루나의 가호……."

그것은 아르케디아 플레이어라면 누구나 받는 일종의 보호막 같은 것이다. 일정 이상의 P.K를 하지 않는 한 여신 루나의 가호는 지속되었다.

서로가 서로를 타격할 수는 없지만 주변 사물을 이용한 피해는 입힐 수 있었다.

1레벨로 초기화되기는 했으나 기초적인 스킬과 그들이 성장하며 이룩한 특수 스킬들은 여전히 사용 가능했다. 실제로 신성은 건물 간판에 직격한 파이어 볼을 보았다.

점점 오해가 쌓여 주변 일대가 쑥대밭이 될 수도 있는 상황이었다. 최악으로 이를 뻔한 상황이 다행히 랭커 2위이던 에르소나의 리더십으로 진정될 수 있었다.

"분명 '평화의 목소리'라는 스킬이었지."

신성은 에르소나가 스킬을 발동하여 모두를 설득한 것을 보았다. 그러한 스킬이 실제로 작동되고 있었다. 지구에서 말이다.

졸지에 아르케디아인이 되어버린 한국의 플레이어들은 랭킹 2위이던 에르소나를 따라 천공의 도시로 이동하거나 다른 곳으로 사라졌다. 정부는 연일 긴급대책회의를 열어 사태에 대한 파악과 앞으로의 일들을 논의하기 바빴다.

그 후부터는 여러 복잡한 일들이 생겨났다.

아르케디아 온라인은 명실상부한 세계 1위 게임이었다. 때문에 이러한 일들은 한국뿐만 아니라 전 세계적으로 일어나 각 세계의 대도시에서도 큰 난리가 났다.

신성은 천공의 도시로 가지 않고 그의 집으로 돌아왔다. 캡슐에 있을 자신의 몸이 떠올랐기 때문이다.

"결국 아무것도 없었지."

완벽하게 망가진 캡슐 안에는 어떠한 흔적도 없었다.

왜 이런 일이 발생한 것일까?

며칠이 흐른 지금까지도 여전히 미스터리였다. 뉴스에 출현한 학자들은 목성 주변에서 일어난 정체불명의 폭발 때문이라고도 했다. 차원 융합의 개념이라고 말하는 자들도 있었지만 어디까지나 추측일 뿐이었다.

대한민국은 당연히 아르케디아인들에 대한 이야기로 뜨거웠는데, 아르케디아 온라인을 개발한 모든 개발진의 기억에 이상이 생겼다는 보도가 있었다. 다른 기억은 이상이 없는데 아르케디아 온라인에 대한 기억만 모조리 삭제된 듯 사라졌다는 것이다. 병원으로 긴급 후송되어 검사를 받는 등 여러모로 혼란스러웠다.

아르케디아 온라인을 구성한 서버와 모든 데이터 역시 흔적도 없이 사라졌다.

인터넷의 반응 역시 경악 그 자체였다. 종말이 왔다고 주장하는 자들도 있었고, 이런 괴상한 사태에 오히려 열광하는 자들도 있었다.

엘프가 예쁘다느니 수인족이 귀엽다느니 하는 말들이 사진과 함께 SNS에 꽤나 많이 올라왔다.

"아직까지는 괜찮지만……."

앞으로가 문제였다. 아예 외계인이나 이종족이 난입했다면 적대할 수 있겠지만 신성을 포함한 모두는 모습만 바뀌었다 뿐이지 한 가정의 아이이고 또는 가장이었다. 때문에 복합적인 여러 문제로 모든 곳이 떠들썩했다.

…신성은 오히려 그런 떠들썩한 난리가 부럽기도 했다. 그에게 남아 있는 가족은 이제 없었다. 그를 유일하게 지탱해 주고 따스한 정을 주던 그의 할머니는 몇 년 전에 병으로 돌아가셨다.

병으로 인해 제대로 된 대화가 힘들었던 할머니와 많은 대화를 나누었던 곳은 그가 사랑했던 아르케디아 온라인이었다. 캡슐 안에서 할머니는 자유로웠다. 몸이 날아갈 것처럼 가볍다는 그 첫 말을 신성은 절대 잊을 수 없었다. 소녀처럼 웃는 할머니의 얼굴은 아직도 뇌리에 생생하게 남아 있었다.

평생 농장을 갖는 것이 꿈이라던 할머니의 꿈을 이뤄주기 위해 밤새워 사냥을 하고 아이템을 처분하던 것이 떠올랐다.

'좋은 추억이었지.'

신성의 얼굴에 작은 미소가 떠올랐다.

텃밭을 일구고 동물들을 키우며 부지를 늘려갔고, 마침내 광활한 황금 들판을 이룰 수 있었다. 할머니는 다음날 웃는 얼굴로 세상을 떠났다.

그렇기에 그는 이 게임을 사랑했다. 그곳에는 그가 느낀 따스함의 모든 것이 있었다.

그리운 추억에서 빠져나온 신성은 집 안에서 움직이지 않으며 차분하게 생각할 시간을 가졌다. 싸구려 원룸이기는 하지만 신성은 이 집이 마음에 들었다. 거의 항상 아르케디아 온라인에 접속해 있었기 때문에 이 정도 환경이면 족했기 때문이다.

하지만 앞으로는 달라질 것 같았다.

신성은 다시 한 번 자신의 상태를 점검해 보기로 했다.

"인벤토리."

신기하게도 마치 게임 안에 있는 것처럼 자유롭게 인벤토리를 열 수 있었다. 인벤토리 안에 아이템이 가득 있어야 했지만 지구로 전이되어 오며 초기화되었는지 일정량의 마력 코인(C)밖에 존재하지 않았다.

마력 코인은 아르케디아에서 사용하는 공용 화폐이다.

"가지고 있는 건 500C, 그리고……."

아르케디아 플레이어라면 모두 가지고 있을 모험가용 팔찌다.

모험가용 팔찌는 아르케디아 플레이어들에게 공용 인터넷을 제공했다. 다양한 소식을 서로 공유할 수 있었고, 친구 추가, 귓속말 등 커뮤니케이션 기능을 제공했다. 그리고 자신의 스텟과 스킬을 자세히 볼 수 있었다.

신성은 자신의 정보창을 펼쳐보았다.

1Lv : (0/100EXP)

이름 : 이신성

종족 : 드래고니안

성향 : 중용(50%)

칭호 : 해츨링

소속 : 없음

근력 : 10+(15 : 드래고니안의 뼈) : [F]

내구 : 10+(15 : 드래고니안의 피부) : [F]

민첩 : 10+(15 : 드래고니안의 근육) : [F]

보유 마력 : 10MP+(300 : 드래곤 하트) : [E]

종합 랭크 : [F+]
보유 스텟 포인트 : 0
보유 스킬 포인트 : 0P

보유 스킬
[S+] 용의 재능(MAX)
무언가를 익히고 정복할 수 있는 척도를 나타낸다.
고대 용신의 피를 이어받아 만능이라 부를 수 있는 재능을
지니고 있다. 직업에 따른 상극 기술을 익혀도 패널티를 부여
받지 않는다.

[F-] 드래곤 하트
[0/30P]
신으로 나아가는 근원.
막대한 양의 마력을 지닌 드래곤의 심장이다.
마력이 마르지 않을 정도로 마력을 빠르게 회복시켜 준다.

[F-] 드래고니안
드래고니안으로 재구성된 신체. 완전한 용으로 가는 열쇠이
다. 등급이 높아질수록 재생력과 능력치가 상승한다. 랭크가
최고치에 이르게 되면 새로운 가능성이 열리게 될지도 모른다.

*[F-] 드래곤의 피부[0/10P]

*[F-] 드래곤의 뼈[0/10P]

*[F-] 드래곤의 근육[0/10P]

"드래고니안……."

신성은 신음성을 흘렸다. 앞에 떠오른 창에서 눈을 떼어 옆에 있는 거울을 바라보았다.

자신의 모습이 어느 정도 남아 있기는 하지만 말 그대로 어느 정도였다. 그의 얼굴은 정신이 아찔할 정도의 미남으로 변모해 있었다. 뿐만 아니라 그의 신체 역시 마치 조각을 해 놓은 듯 완벽한 몸이었고 가장 이상적인 키였다.

그의 눈동자는 마치 금을 녹여놓은 듯 찬란한 황금빛이다. 그 어떤 보석으로도 이 아름다움을 대체할 수 없을 것만 같 았다.

"환생에 따른 외모 보정 때문인가?"

999레벨을 이루고 환생했기 때문에 그런 것이 분명했다. 다른 이들은 모두 1레벨로 초기화되었다. 그러나 종족 자체 는 초기화되지 않은 것으로 보였다. 신성이 드래고니안으로 진화하고 바로 그런 일이 발생한 것이다.

아르케디아 온라인은 한도 내에서 외모가 자동적으로 바 뀌게 되는데, 각 종족에 맞는 분위기를 연출하기 위함이다.

가장 상승 폭이 큰 엘프 종족은 30% 한도 내로 자동 보정되게 된다. 하이엘프는 그보다 조금 더 보정을 받았다. 때문에 엘프들은 대부분이 훈남, 훈녀였고 대단한 미인도 많았다.

그러나 신성은 거의 90%는 바뀐 듯 보였다. 환생의 특권 정도로 보면 될 것 같았다.

아마 신성 정도 되는 미남자는 아르케디아인 사이에도 별로 없을 것이다. 최고의 미남이 하이엘프가 되었다고 하더라도 신성의 외모를 흉내 낼 수 없을 것이 분명했다.

드래고니안이기 때문일까?

신성의 모습은 무언가 근본적으로 달랐다.

"좋아해야 하는 건 맞는데……."

이 상황이 게임이라면 주먹을 불끈 쥐며 환호성을 질렀을 것이다. 잘생기게 된 것을 좋아하지 않을 남자는 없을 테니 말이다.

게다가 능력치 역시 대단했다.

드래고니안과 드래곤 하트라는 스킬은 무려 스텟 그 자체를 올려주었다. F-에 불과한데 스텟 +15와 마력 +300MP라는 어마어마한 추가 능력치를 받은 것이다. 앞으로 스킬에 투자하게 된다면 스텟과 마력 수치가 그대로 올라갈 것이니 성장 가능성이 대단했다.

마력 감응력이 좋다는 그 엘프 종족도 스킬 마스터를 해봤자 기껏해야 +100MP에 지나지 않는다.

그리고 마지막으로 [S+] 용의 재능.

설명에서 보았듯이 엄청난 잠재력을 가진 스킬이다.

"후……."

그럼에도 한숨을 쉬는 것은 이것이 현실이기 때문이다. 실제로 늘어난 힘이 체감되었다.

콘크리트 벽에 주먹을 휘둘러 보니 간단하게 금이 갔다. 전력으로 뛰면 세계신기록을 가볍게 수립하지 않을까 하는 생각도 들었다. 게다가 가슴 속에서 웅크리고 있는 기운은 결코 지구의 것이 아니었다.

신성은 잠시 능력치 창을 바라보다가 그것을 닫고 아르케 넷을 열었다.

[아르케 넷에 접속합니다.]

각종 공략 글과 이슈 글로 넘쳐나던 아르케 넷도 초기화의 여파를 피해가진 못했다. 모든 공략 글과 공략 동영상, 스크린 샷 등이 사라져 있었고, 게시판에는 지금 상황에 대해 이야기하는 글만 올라와 있었다.

[자유게시판 321번]

—조회 수 : 2,321

—작성자 : 놈놈뮤

—제목 : 여신 루나의 답변 떴다.

아르케디아 온라인 월드 랭킹 20위이던 루나교 교황 갑진이 형이랑 천공의 도시 여신 루나를 만났는데 여신 답변이 개 웃겼음.

자기도 모른대. ㅋㅋㅋ, 겁나 얼빵 ㅋㅋㅋ.

RE : (멋놈)시벌, ㅋㅋ, 뭔가 흑막이라든가 그런 거 있어야 하는 거 아님? 아니면 계시라도 주던가.

RE, RE : (놈놈뮤)ㅋㅋ, 만화 많이 봤네. 근데 여신 루나 개귀여움. AI 같지 않음. 걍 사람 같음. 지금 천공의 도시에서 루나교 입단자 존나 많아졌어. 지금 여신이 울먹이면서 막 돌아다님. 갑진이 형 완전 넋이 나감. ㅋㅋㅋ.

(스크린 샷 첨부)

RE, RE RE : (멋놈)어억, ㅋㅋ, 루나 졸 , ㅋㅋㅋㅋㅋㅋ. 나도 간다.

RE, RE RE : (무뢰진99)하악, 미친. 조회 수 봐라. 병신들. ㅋㅋㅋ, 이 상황에, ㅋㅋㅋㅋ.

RE, RE RE : (감자탕맛)여기가 그 성지인가요?

신성은 게시 글과 댓글을 보며 고개를 설레설레 저었다. 아르케디아인들은 나름 적응하며 지내는 모양이다. 아르케디아 월드를 플레이하는 게이머들은 대부분 유쾌한 편이기는 했다. 워낙 어려운 난이도의 게임이라 그런 정신이 아니면 예전에 그만두었을 것이다.

신성은 여러 게시 글을 천천히 읽어보았다. 지금까지 알아낸 정보가 올라와 있었다.

일단 천공의 도시는 일반인의 눈에 보이기는 하지만 형태가 불분명한 빛무리처럼 보이고 아르케디아인들이 아닌 자들은 접근조차 불가능하다고 한다.

모험가 팔찌가 지원하는 녹화 기능을 이용한 동영상도 첨부되어 있었는데 군용 헬기가 천공의 도시에 접근하자마자 바로 반대편으로 이동되어 버리는 영상이었다.

'다행히 천공의 도시 자체는 예전과 같군. 그리고……'

현재 많은 이가 천공의 도시 세이프리에서 일상 퀘스트를 통해 레벨 업에 열중하고 있다고 한다. 일상 퀘스트는 게임과 똑같은 모양이다.

현재 사냥터는 없었지만 일상 퀘스트를 클리어하면 꽤나 경험치를 짭짤하게 주니 많은 이가 일상 퀘스트를 수행하고 있는 듯했다.

'나도 뒤처질 수는 없지. 아무도 모르지만 내가 월드 랭킹

1위였는데 말이야.'

랭킹에 오를 당시 아이디를 비공개로 해놓았기에 신성의 이름은 늘 물음표로 떴다. 신성에 대해서 알려진 바가 없었는데 그는 파티에 참가한 적이 거의 없는 솔로잉 플레이어였다. 플레이어들이 그를 가리키는 이름은 보스 학살자, 최종 보스, 마신 등 다양했다.

신성은 이런 상황임에도 불구하고 경쟁 욕구가 치솟아 올랐다. 게임에서는 그것이 무척이나 즐거웠다. 노력만 하면 남보다 더 높아질 수 있고 모든 것을 할 수 있다는 것이 그의 가슴을 뛰게 만들었다.

그의 암울한 기억을 모두 잊게 해주었다.

두근두근!

신성은 가슴이 뛰는 것을 느꼈다. 심장의 고동은 무척이나 세찼다. 드래곤 하트는 인간의 심장과는 비교할 수 없는 고동을 내뿜고 있었다.

"가자. 언제까지 이러고 있을 수는 없어."

신성은 고개를 끄덕이고는 아르케 넷의 접속을 끊었다.

시시각각 변해가는 혼란스러운 상황이 진정될 때까지 집에 있을 생각이었지만 레벨 업이 된다는 소식을 들으니 가만히 있을 수 없었다. 아마 모든 아르케디아인이 마찬가지일 것이다.

신성은 모험자 팔찌에 손을 올려놓고 '포탈'이라는 항목을 눌렀다. 포탈석이 필요하기는 했지만 초보자 도시인 천공의 도시 세이프리에 한에서는 공짜로 포탈을 열 수 있었다. 물론 본래의 장소로 돌아가는 것 역시 공짜였다.

두우우!

푸른 소용돌이가 신성의 눈앞에 생성되더니 커다란 원이 되었다. 원 안에서는 빛무리가 화염처럼 이글거리고 있었다. 게임 속에서 늘 보던 포탈이지만 현실에서 보니 더 생동감이 넘쳤다.

신성은 잠시 포탈을 바라보다가 고개를 끄덕이고는 안으로 들어섰다.

휘이이익!

어지러움이 밀려왔다. 게임에서는 느낄 수 없던 감각이다. 환한 빛이 휘몰아치자 신성은 반사적으로 눈을 감았다.

"오~"

다시 눈을 떴을 땐 그가 아주 오래전에 방문한 천공의 도시 세이프리의 모습이 보였다.

세이프리는 하나의 영지라 불러도 과언이 아니었다.

수많은 사람을 감당할 수 있을 정도로 거대한 부지를 자랑했고 건물들은 하나같이 모두 아름다웠다. 특히 세이프리 중앙에 높게 솟아 있는 루나의 탑은 세이프리의 가장 대표적인 건물이다.

낮에는 세이프리 전역에 신성한 기운을 뿜어내어 상처나 질병을 치료해 주었고, 밤에는 가로등이 필요 없을 정도로 세이프리 전역을 밝게 빛나게 해주었다. 모두가 세이프리를 관장하는 여신 루나에게서 나온 권능이었다.

신성은 한동안 멍하니 세이프리의 모습을 바라보았다. 게임에서 볼 때보다도 훨씬 생동감이 넘쳤다. 그 모습은 이것이 게임이 아니라 하나의 현실이라고 알려주고 있었다.

"야, 저기 대장장이 한스한테 가보자. 철광석 두 박스 옮기면 퀘스트 완료야."

"하, 젠장. 힘쓰는 것만 하네."

"그야 우리가 겁나게 멋진 수인족이니 어쩔 수 없지. 우린 1레벨부터 근력 스텟이 20이잖아. 성장 보정까지 합치면 근력 깡패지."

아르케디아 온라인 플레이어, 그러니까 아르케디아인으로 불리게 된 이들이 보였다.

늑대와 호랑이 형상을 한 수인족 남성들이었는데 그 덩치가 2m가 가뿐히 넘었다.

"야, 근데 집에서는 뭐라 하냐? 우리 집은 울고불고 난리도 아니었는데."

"뭐, 멀쩡한 아들이 호랑이가 되었으니. 하하하! 근데 생각했던 것보다 아무렇지도 않더라."

"나도 그런데. 몸이 완전히 바뀌어서 그런가?"

"게임도 오래했고 익숙해서 그런 것일 수도 있겠지. 아무튼 고3 생활에서는 해방이다!"

신성은 빠르게 달려가는 수인족을 바라보며 눈을 깜빡였다. 생각보다 멘탈이 멀쩡해 보였다.

"그러고 보니……."

침울하게 앉아 있는 이들도 보였지만 대부분이 정상적인 모습을 보이고 있었다. 어쩌면 루나의 탑에서 나오는 따뜻한 기운 덕분인지도 몰랐다.

많은 아르케디아인의 모습이 보인다. 외국인으로 추정되는 자들도 상당히 많았는데 엘프나 드워프, 수인족 같은 경우에는 잘 구분할 수 없었지만 휴먼족의 경우에는 구별이 가능했다. 그들 모두는 특이하게도 유창하게 한국어를 사용하고 있었다.

한국어가 아르케디아 공용어로 쓰이고 있었다.

"뭐, 이런 상황인데 그 정도쯤이야."

외국인들도 세계 각지에서 포탈을 써서 이곳에 왔을 것이 분명했다.

전이의 날은 전 세계적으로 일어난 대사건이었다.

외국인들 역시 각자의 서버가 있는 도시로 전송된 것이다.

세계 각 수도나 유명 도시의 상공에는 세이프리와 같은 도시들이 떠올라 있었지만 개방된 곳은 이곳 세이프리 한 곳뿐으로 다른 도시들은 아직 잠겨 있는 상태라고 한다.

그곳에 진입하기 위해서는 조건을 충족해야 했는데 레벨을 올리거나 퀘스트를 완료해야만 했다. 지금과 같은 상황에서는 불가능할 것 같았다.

'그래도 다른 도시들이 개방될 가능성이 있겠지.'

다른 도시들이 그냥 등장하지는 않았을 테니 말이다.

각 도시는 모두 다른 특성을 가지고 있었다. 아무나 들어갈 수 없는 엘프의 도시나 전설적인 장인들이 살고 있는 드워프의 도시 등 그 종류가 다양했다. 신성은 특히 휴먼족의 상징으로 알려진 '비르딕'의 방문을 즐겼다.

웅장한 성과 멋진 건물들이 일품이었다. 게다가 각지에서 몰려온 무역품 중에서는 간혹 좋은 것들이 발견되기도 했다.

신성은 일단 초보자 아카데미가 있는 곳으로 향했다.

상점가나 다른 곳보다는 그곳에서 주는 일상 퀘스트 경험치가 더 많았기 때문이다. 그리고 초보자를 위한 유용한 스킬도 저렴하게 익힐 수 있었다.

"음?"

신성은 자신에게 시선이 모이는 것을 느꼈다.

길을 지나가는 사람들이 모두 걸음을 멈추며 그를 바라보거나 힐끔거렸다. 자신의 외모 때문인 것을 알아차렸지만 그다지 신경 쓰지는 않았다.

늑대와 호랑이, 그리고 고양이 귀를 한 소녀들도 있는 마당에 자신의 모습 따위는 평범한 축에 낄 것이다.

"여전히 크군."

아카데미 앞에 도착하자 왠지 모를 향수가 밀려왔다.

과거 게임을 처음 접하며 두근거린 그 시절로 돌아간 것 같은 느낌이 들었다. 비록 상황 자체는 완전히 다르고 어찌 보면 엉망이었지만 말이다.

아카데미는 다른 초보 도시에 비해선 상당히 큰 규모를 자랑하고 있었는데 게임 오픈 초반에 대량의 접속자를 감당하기 위해 그렇게 만들었다는 설이 있었다.

아카데미 입구는 환하게 열려 있었다. 입구 앞을 지키고 있던 경비원들이 하품을 하면서 신성을 바라보았다.

"오, 잘생긴 형씨구만. 도저히 휴먼 같지 않은데?"

신성은 경비원의 말에 고개를 돌려 경비원을 바라보았다.

'75Lv, 아카데미 기사대장 고르임.'

멋들어진 콧수염을 지닌 중년의 남자로 인상이 좋아 푸근한 삼촌 같은 느낌을 지니고 있었다.

가끔 길을 막거나 소란을 피우는 플레이어들을 감옥으로 잡아가는 NPC였는데 보통 아카데미 중앙에서 순찰을 도는데 왜인지 입구에 나와 있었다.

하지만 그것이 중요한 것이 아니었다. NPC였으니 분명 일정한 대사밖에 하지 못했다. 그런데 지금 그는 마치 인간처럼 보였다.

"음? 왜 그렇게 멍하니 쳐다보는가?"

도저히 일반적인 NPC로 볼 수 없었다.

생동감이 넘치는 모습은 살아 있는 사람과 같았다. 무엇보다 그의 감각이 저 기사대장 고르임이 진짜 사람이라고 외치고 있었다. 그리고 마음에서부터 인정하고 있었다.

그것은 신비한 감각이었다.

'일단 대화를 나눠보자.'

생각을 정리한 신성이 입을 뗐다.

"기사대장 고르임 님께서 어째서 입구에 계시는 겁니까?"

"오호, 내 이름을 알다니 신기하구만. 뭐, 상황이 그렇지 않은가? 천공 도시가 정체 모를 곳으로 이동한 데다 다수의 모험자가 이곳을 방문하고 있네. 혹시 모를 상황에 대비해서 이리 나온 것이지."

"이 상황에 대해서 아는 것이 있으십니까?"

"밝혀진 것은 없네. 여신님과 모험가들이 알아보고 있다니 나로서는 그 결과를 기다릴 수밖에. 으음, 혹시 마족 카르벤의 부활과 관련이 있는 건가?"

"마족 카르벤?"

신성은 마족 카르벤이라는 말에 눈을 크게 떴다.

기억하기로는 마족 카르벤은 아르케디아 온라인 게임 초창기를 대표하는 보스였다. 50레벨에 극악한 난이도를 지니고 있어 몇 번의 패치를 한 후에야 돌파가 가능한 보스였다. 아르케디아 온라인의 첫 시나리오로서 큰 역할을 했다.

'마족 카르벤의 부활… 그 시기라고?'

신성이 999레벨을 달성했을 당시에는 마족 카르벤은 아무것도 아닌 잡몹 취급을 받았다. 신규 플레이어를 유치하기 위해 많은 혜택을 주어 단숨에 100레벨까지 찍게 만들어주었기 때문이다.

하나 만약 지금 카르벤이 나타나게 된다면 오히려 그가 아르케디아인들을 학살할 것이다. 카르벤은 그 정도로 강력한 보스 몬스터였다.

'만약 서울 한복판에 나타나기라도 한다면……'

신성은 소름이 끼치는 것을 느끼곤 고개를 저었다. 지금과 같은 상황에서는 그럴 일은 없을 것 같았기 때문이다.

"음, 무시무시한 존재지. 여신님께서 강림하셔서 봉인했을 정도이니 말이야. 흑마법의 대가라 알려져 있는데 그와 연관이 있지 않을까 싶기도 하네."

"그렇군요."

"하하하, 그저 내 생각일 뿐이니 너무 걱정하지 말게나. 마
족 카르벤이 부활했다는 말은 그저 소문일 뿐이니 말이야."

고르임은 신성의 굳은 표정을 보더니 호쾌하게 웃으며 그
의 등을 탕탕 쳤다.

"오호, 자네 내구 스탯이 꽤나 높은가 본데? 어떤가, 아카데
미 기사단에 들어와 검을 수련하는 것이?"

[아카데미 기사 고르임이 아카데미 기사단으로의 입단을 제
의하였습니다. 수락하시겠습니까?]

고르임과 자신의 사이에 창이 떠올랐다.

기사단에 들어가면 기사단 전용 스킬을 배울 수 있었지만
꼼짝없이 요구 수치에 도달할 때까지 아카데미 안에 있어야
한다. 지금과 같은 상황에서는 그럴 수 없었다.

"죄송합니다."

"음, 뭐 그럴 줄 알았네. 자랑은 아니지만 나는 안목이 꽤나
좋지. 자네는 분명 큰 인물이 될 게야. 방금 전 제의는 그저
내 욕심으로 생각해 주게. 아, 그렇지!"

고르임이 허리춤에 매달려 있는 가죽 주머니에서 사각형
모양의 종이 하나를 꺼내 신성에게 건넸다. 종이를 건네받자
종이 옆에 창이 떠올랐다.

[F-] 보급 무기 교환장

세이프리 초보자 아카데미의 하급기사들이 정기적으로 발급받는 무기 교환권. 아카데미 창고관리소에서 원하는 무기로 교환이 가능하다.

감정인 : 아카데미 기사대장 고르임.

랭크가 달린 무기를 교환할 수 있는 교환장이었다. 초보자 무기가 모두 랭크가 없는 것으로 보았을 때 상당히 쓸 만한 것이다.

"자네 정도 되면 그 정도 물건은 쓸 수 있을 것이네."

"감사합니다."

"하하, 그렇게 고마워할 필요는 없네. 창고에 쌓여 있는 보급품 정도이니 말이야. 세이프리를 위해 힘을 써주게나."

신성에게 상당히 친근한 모습을 보이는 고르임이다. 신성은 고르임에게 작별을 고하고 아카데미 안으로 들어섰다.

아카데미 안은 무척이나 아름다웠다. 마치 신전처럼 지어진 건물들 사이로 신비한 빛을 뿜내는 나무들이 서 있고 여러 귀여운 동물들이 이리저리 뛰어다니고 있었다.

동물들은 아르케디아인으로 보이는 엘프가 보일 때마다 졸졸 따라다녔는데 그 모습이 상당히 신기했다. 엘프의 패시브 스킬 중 하나인 자연과의 친화력 덕분인 것 같았다.

'스킬도 발현되는 것이 확실해. 다른 액티브 스킬들이 게임과 같은 방식으로 작용되는 건지는 모르겠지만.'

심장 박동을 따라 치솟는 힘이 느껴졌다. 게임에서도 느낄 수 있던 마력이지만 그것이 전해주는 감각은 감동에 가까웠다. 드래고니안이라는 신체 때문인지는 몰라도 마치 원래부터 한 몸이던 것처럼 친숙하게 느껴졌다.

신성은 아카데미의 대도서관으로 향하는 큰 길을 따라 걸었다. 자신의 기억이 맞는다면 대도서관에서 얼마 떨어지지 않은 곳에 연병장이 있고 창고관리소가 그 주변에 있었다.

아카데미 안은 아르케디아인이 무척이나 많았다. 아카데미에 입학했는지 초보자용 교복을 입고 있는 자들도 있었다.

휴먼의 모습은 상대적으로 적었는데 외관상 예전 모습과 별다른 차이가 없으니 집에 있거나 일상적인 생활을 하고 있을 것이다.

'도대체 얼마나 많은 이가 전이된 거지?'

아직 정확한 발표는 없었다. 조만간 밝혀지겠지.

신성이 연무장에 들어서자 훈련교관 밑에서 훈련을 받고 있는 아르케디아인들이 보였다. 연습용 검을 들고 허수아비를 치고 있었는데 그 폼이 그럭저럭 괜찮았다.

"이거 어렵네. 게임이랑은 달라."

"배쉬!!"

콰아앙!

지친 기색이 가득한 검사 옆에 있던 수인족 검사가 배쉬라는 외침과 함께 검을 휘두르자 검풍이 몰아치면서 허수아비가 박살이 나버렸다.

초보 검사의 기본 스킬이다. 그러나 이펙트나 위력은 조금 달라 보였다.

"오! 어떻게 했어? 스킬을 익히자마자 이론적으로는 이해가 되는데 발동이 잘 안 되네."

"그냥 스킬을 발동한다고 되는 게 아닌가 봐. 뭔가 파파박 하는 느낌이 있어야 해."

"파파박? 숙련도 문제인가? 음, 해볼게."

콰아앙!

폭음과 함께 빛이 터져 나가며 허수아비가 하늘로 치솟았다.

"오! 됐다! 개쩐다!"

"역시 검사가 쩐다니까."

그 둘의 모습을 NPC가 분명한 훈련교관이 흐뭇하게 바라보고 있었다. 그러다가 자세를 지적해 주며 스킬 발동하는 법을 알려주었다.

'배쉬는 5레벨일 때부터 배울 수 있는 검사 계열 스킬이었지.'

레벨 제약이 걸려 있는 것은 아니라 스킬 북을 구한다면 당장 배울 수도 있지만 스텟이 부족하면 발동 자체가 안 될 수도 있었다.

신성은 연무장을 지나 창고관리소로 향했다. 창고관리소에도 1레벨을 위한 퀘스트가 존재했다. 일단 보급품을 지원 받고 퀘스트를 해볼 생각이다. 게임이 아닌 현실이 된 세상에서 과연 어떻게 퀘스트가 작용할지 궁금했다.

창고관리소는 제법 그 규모가 컸다. 그도 그럴 것이, 아카데미의 모든 물품을 관리하는 곳이다. 퀘스트를 받았는지 이리저리 뛰어다니며 무거운 짐을 옮기는 아르케디아인들이 보였다.

'저기 있군. 창고관리소장 엘레나.'

게임처럼 이름이 머리 위에 떠 있지는 않았지만 워낙 유명하던 NPC라 신성은 단번에 알아볼 수 있었다. 노처녀 엘프라는 설정이었는데 히스테리가 대단해서 초보자들에게 랜덤으로 악명 높은 퀘스트를 주곤 했다. 그러나 경험치만큼은 다른 퀘스트보다 높았으니 부캐를 키우는 플레이어들이 그녀를 많이 찾았다.

노처녀라고는 하지만 엘프였기에 상당히 아름다운 미모를 자랑했다. 그래서 그녀를 볼 때마다 먼지에 둘러싸여 있는 것이 안타까웠다.

신성은 엘레나에게 다가갔다. 다른 NPC 주변에는 아르케디아인들이 줄을 서고 있었지만 엘레나 앞은 아무도 없었다. 신성이 다가갔음에도 엘레나는 서류에서 눈을 떼지 않았다.

신성 따위는 눈에 들어오지 않는다는 듯한 태도이다. 잠시 서류 검토가 끝나길 기다리던 신성은 엘레나를 바라보며 입을 떼었다.

"관리소장님, 방해해서 죄송합니다만……"

"뭐야? 방해한다는 걸 알면 저리 꺼……."

앙칼지게 소리 높여 그렇게 말하던 엘레나가 신성을 보자마자 멍한 표정이 되었다. 입을 살짝 벌리고 동공이 풀어진 모습이다.

'버그?'

버그가 걸린 것이 아닐까 하고 생각할 정도이다. 엘레나는 황급히 표정을 정리하고는 아름다운 미소를 지으며 신성을 바라보았다.

"어머! 아, 안녕하세요, 모험가님?"

"죄송합니다. 바쁘신데 방해해서 곤란하게 만들었군요."

"아, 아닙니다. 호호, 그, 이, 이미 서류 정리는 끝났습니다. 한가하답니다."

엘레나는 손에 있는 서류를 구겨 뒤로 던져 버렸다. 신성이 그것을 바라보며 눈을 깜빡이자 엘레나는 웃음으로 어색함을 무마했다.

"정말 고생이 많으십니다. 갑작스러운 상황이다 보니 대단히 힘드시겠습니다."

신성은 최대한 예의를 갖추며 말을 건넸다. 게임이었을 때는 NPC에 호감도가 존재해 호감도를 올리면 숨겨놓은 퀘스트나 아이템을 주곤 했다. 지금은 NPC가 아닌 하나의 생명이지만 여러모로 기본적인 설정은 변하지 않은 것을 보니 유효할 것이라 생각했다.

엘레나는 그런 신성의 모습에 얼굴을 붉히며 수줍어했다. 도저히 '창고의 폭군'이라는 이명을 떠올릴 수 없을 정도이다.

"아, 아니에요. 제 일인 걸요."

"겸손하시기까지 하다니 역시 관리소장님답군요."

"그, 그런가요?"

"아, 인사가 늦었네요. 이신성이라고 합니다."

신성이 손을 뻗자 엘레나가 신성의 손을 덥석 잡았다. 얼굴이 너무 붉어 폭발하기 일보 직전이다.

"차, 창고관리소장 엘레나 에이프린이에요."

신성은 살짝 웃으며 인벤토리에서 [F-] 보급 무기 교환장을 꺼내 그녀에게 건넸다. 떨리는 손으로 그것을 받아 든 엘레나가 돋보기를 들더니 자세히 교환장을 살펴보았다.

"정품이 확실하네요. 정품이 아니라도 상관없지만… 아니, 아, 아무튼 원하시는 무기가 있으신가요?"

"아무래도 검이 좋을 것 같습니다."

"초보자 모험가가 쓰기에는 검만 한 것이 없지요. 보급형이 기는 하지만 밸런스도 잘 잡혀 있고 내구도도 괜찮아요. 레벨 제한은 없지만 25스텟의 힘이 필요한데 괜찮으신가요?"

"네, 딱 좋네요."

"그, 그럼 자, 잠시만 기다려 주세요."

엘레나가 허겁지겁 달려가기 시작했다. 주변에 있던 관리소의 직원들이 그런 엘레나를 멍한 표정으로 바라보았다. 줄을 서고 있던 아르케디아인들도 마찬가지였다. 아르케디아인들이 접근하려고 하면 독설을 날리며 폭력까지 쓰던 모습은 찾아볼 수 없었기 때문이다.

신성은 그저 호감도가 작용했다는 생각을 하며 간단히 납득했을 뿐이다. 엘레나가 먼지를 뒤집어쓰고 땀까지 흘리며 검 하나를 가지고 왔다.

"감사합니다."

신성은 검을 바라보았다. 이미 감정이 되어 있어 검에 대한 설명이 떠올랐다.

[F-] 세이프리 아카데미 보급용 검

하급 경비대원이 쓰는 검. 전체적으로 밸런스가 잘 잡힌 무난한 검이다. 보급용 검치고는 공격력이 높지만 높은 수치의 힘을 요구하기 때문에 초보자가 쓰기에는 부적합하다.

　감정인 : 엘레나 에이프린

　검을 허리에 차니 제법 마음이 든든해졌다. 검에 대한 스킬은 없었지만 앞으로 차차 익히면 될 것이다.

　"저, 이것도 받아두세요. 신성 님이 쓰시기에 꽤 괜찮을 거예요."

　"이건……?"

　[F-] 검술 입문서

　세이프리 아카데미에서 지급되는 초보자용 검술서. 기본적인 검술 계열 스킬이 포함되어 있다.

　감정인 : 엘레나 에이프린

　[F-] 세이프리 아카데미 로브

　아카데미 졸업생에게 주는 로브. 로브치고는 괜찮은 내구성을 지녔다. 그러나 무거운 무게가 단점. 적어도 근력 20이 필요하다.

　감정인 : 엘레나 에이프린

　신성이 놀란 눈으로 바라보자 엘레나는 수줍게 웃었다.

"감사합니다."

"아니에요. 모험가님들을 위하는 것이 제 일인 걸요."

신성은 바로 세이프리 아카데미 로브를 착용했다. 게임 상
에서는 자동으로 착용되지만 지금은 현실처럼 입어야 했
다. 엘레나가 신성이 로브 입는 것을 도와주었다.

신성은 드래고니안 스킬의 추가 스텟으로 높은 근력을 지
니고 있었기에 검과 로브를 착용해도 전혀 문제가 없었다. 스
텟이 요구 사항보다 부족하게 되면 모든 능력의 저하가 일어
나게 되고 해당 아이템을 제대로 사용하지 못하는 것은 게임
과 같을 것이다.

"저, 저거 봐. 그 악명 높은 엘레나……."

"저런, 현모양처에게서나 볼 법한 모습을 보이다니!"

"꿈인가? 하, 하기야 천공 도시가 이상한 곳으로 이동되어
온 마당에……."

주변의 관리소 직원들은 놀람을 넘어 경악에 가까운 반응
을 보여주고 있었다.

신성은 만족스러운 미소를 지으며 몸을 움직여 보았다. 묵
직한 무게가 느껴졌지만 근력 스텟의 보정으로 움직임에는 제
약이 없었다.

"관리소장님."

"에, 엘레나라 불러주세요."

"네, 엘레나 님. 혹시 저에게 부탁하실 일이 있습니까? 다른 이들처럼 힘을 쓰는 것에는 자신이 있습니다만."

"아니에요! 신성 님에게 그런 일을 맡길 수는 없죠!"

엘레나는 그렇게 외치며 잠시 무언가를 생각하다가 서류 하나를 꺼내 신성에게 주었다.

"이걸 저쪽 소각장에서 파기시켜 주시겠어요?"

"그거면 됩니까?"

"네. 보상은 두둑하게 드릴게요."

[F-] 일상 퀘스트
의뢰자 : 창고 관리소장 엘레나 에이프린
엘레나 에이프린이 비밀문서 파기를 요청하였다. 소각기에서 바로 파기하도록 하자.
보상 : 200C, 200EXP

퀘스트 창이 눈앞에 떠올랐다. 너무나 간단한 일이었지만 그 보상은 결코 간단하지 않았다. 엘레나가 줄 수 있는 최고의 보상이었다.

'역시 친해져서 나쁠 것은 없어.'

왜인지 과도한 반응을 보여주기는 했으나 깊게 생각할 필요는 없을 것 같았다. 신성은 서류를 들고 창고 옆에 있는 소각기 위에 올려놓았다. 그러자 자동으로 불길이 일어나며 서류가 사라졌다.

다시 엘레나 앞으로 다가가자 엘레나가 빙긋 웃으며 200C라고 적혀 있는 코인을 신성에게 건넸다.

[일상 퀘스트가 완료되었습니다.]

"의뢰 완료 보상입니다!"

[EXP 200 UP!]

경험치가 오르는 소리가 들리더니 흰빛이 신성을 휘감았다. 레벨이 오르는 이펙트였다.

"레벨 업 축하드려요."

엘레나의 진심이 담긴 말이 들려왔다. 정보창을 확인해 보니 5의 스텟 포인트를 볼 수 있었다. 게임에서와 같이 레벨업 당 5의 스텟을 분배할 수 있었다. 그렇다면 스킬 포인트는 역시 훈련이나 사냥을 통해 얻을 수 있는 것이 확실했다.

'사냥이라……. 지금은 불가능하겠지. 초반이라고는 하지만 레벨 업이 너무 쉬운데.'

레벨 업이 이렇게 쉬워도 되나 싶었다. 짐을 몇 번을 옮겨야 올릴 수 있는 경험치를 한 번에 올린 것이다. 무거운 짐을 끙끙거리면서 옮기고 있는 아르케디아인들을 보니 미안한 마음이 들었다. 하나 편법도 게임의 일부였다.

'현실인가… 게임인가… 게임으로 생각하는 건 역시 무리겠지.'

뭐가 뭔지 모르는 상황에서 이렇게 게임처럼 즐겨도 되나 싶었다. 신성이 씁쓸하게 웃으며 다시 엘레나에게 말을 걸려고 할 때였다.

[여신 루나 님과 모험가 대표 하이엘프 에르소나, 불의 엘더 아인트, 루나교 신관 김갑진 님의 긴급 담화가 방송됩니다. 모험가 분들은 아르케 넷을 이용하여 시청 부탁드립니다.]

모든 모험가 앞에 메시지가 떠올랐다. 천공의 도시에서 중요한 일이 있을 때 사용되는 전체 메시지였다.

CHAPTER 2

몬스터 웨이브

모든 아르케디아인이 모험가 팔찌를 들고 아르케 넷으로 접속했다. 신성 역시 엘레나의 양해를 구한 다음 바로 접속했다.

창의 가장 위에 있는 '천공의 도시 세이프리 긴급 방송'이라는 글자를 누르자 커다란 화면 하나가 신성의 앞에 떠올랐다. 옆을 살짝 바라보니 아르케디아인들은 아무것도 없는 정면을 바라보고 있었다. 모험가 팔찌에서 보이는 모든 것은 팔찌의 주인밖에 볼 수 없음을 다시 한 번 확인할 수 있었다.

화면에는 미의 극치라고 표현해도 무방할 만큼 아름다운

여인이 투명한 크리스털로 만든 의자에 다소곳하게 앉아 있었다.

황금을 녹인 듯한 머리카락을 지니고 있고 흰빛을 뿜어내는 하늘거리는 옷을 입고 있었다.

여신 루나가 확실했다. 그녀의 주위에는 대단한 미녀인 하이엘프와 강직한 인상의 엘더, 그리고 다소 평범한 느낌의 신관이 앉아 있었다. 신성도 익히 알고 있는 이들이었는데 월드 랭킹 2위이던 빛의 검 에르소나, 4위이던 불의 마법사 아인트, 그리고 20위에 있던 루나교 교황 김갑진이었다.

'초기화되었어도 종족은 역시 그대로인가 보군.'

하이엘프와 불의 엘더, 그리고 루나의 축복을 받은 반신족이었다. 확실히 모험가 대표라고 해도 납득이 갈 만한 자들이다. 그들이 지닌 스킬과 추가 스텟, 성장 보정은 다른 일반적인 종족에 비할 바가 아니었다.

하지만 신성은 그들보다 뛰어난 최상위 종족이었다.

신성이 저기에 낀다고 해도 누구도 뭐라 할 수 없었지만 신성은 저러한 자리가 달갑지 않았다. 예전에는 게임을 즐기는데 방해가 된다고 생각했고, 지금은 그 역시 아무것도 모르고 있는 상황이었기 때문이다.

전 월드 랭킹 1위, 현 최상위 종족이라고 해봤자 지금은 모두와 같은, 아무것도 모르는 초보자에 불과했다.

신성은 방송을 집중해서 보기 시작했다.

―안녕하세요, 모험가 여러분. 천공의 도시 세이프리를 주관하고 있는 루나입니다. 갑작스러운 상황에 여신답지 못한 모습을 보인 점 사과드립니다. 당황해서 허둥거렸네요. 지금부터 알아낸 정보를 모험가 대표 분들이 알려드리겠습니다.

―전 블루문 길드장 에르소나입니다. 우선 다수결로 선정되었다고는 하지만 자리를 비운 많은 모험가님들의 동의 없이 이 자리에 있는 것을 사과드립니다. 상황이 상황인 만큼 이해 부탁드립니다.

에르소나의 인성은 상당히 좋기로 소문이 나 있었다. 다만 신성과 몇 번 마주친 적이 있는데 그 몇 번밖에 안 되는 만남뿐이었는데도 둘의 사이는 좋지 않았다. 그와 그녀는 상극이었다.

―우선 아르케디아의 육체가 지구로 전이되고 오고 난 후 본신이라 부를 수 있는 지구의 육체가 소멸된 것은 모두 아실 겁니다. 대단히 충격적인 일이지만 정신적으로 충격을 받지 않는 것은 현 육체의 작용 때문인 것 같습니다.

―불의 마탑의 주인이던 아인트다. 보충 설명을 하자면 현재 지니고 있는 육체가 정신에 영향을 미치고 있다고 보면 된다. 예를 들어 묘인족이 생선을 좋아하게 되고 엘프들이 예전 성격보다 온화해진 것을 보면 알 수 있지. 우리의 정신은 이

육체가 원래의 육체라고 생각하는 것 같다. 그래서 다들 큰 위화감이 없는 것이지.

아인트의 주변에는 불덩어리가 떠올라 있었다. 그는 본래 휴먼이었으나 마지막 각성을 통해 원소 마법 계열로 진화한 엘더였다.

—많은 실험을 해본 결과 전혀 해로운 점이 없다는 것을 알 수 있었습니다. 그 점에 대해서는 불안해하지 않으셔도 됩니다. 종족에 관해서입니다만, 레벨은 초기화되었지만 각성을 통한 종족은 그대로 유지되고 있습니다. 그리고 각성을 통해 소유하던 스킬 역시 그대로입니다. 물론 스킬 랭크 역시 초기화되기는 했습니다.

신성이 알고 있는 것부터 시작하여 모르고 있는 것까지 여러 이야기를 해주었다.

일단 아르케디아 온라인에 접속해 있던 모든 사람이 전이되어 온 것은 아니었다. 신기하게도 종족별로 성비에 맞게 전이되어 온 것이다. 히든 퀘스트를 통해 각성한 희귀 종족까지 합쳐 봐도 성비는 정확히 맞는다고 한다.

메인 서버가 있던 각 나라의 대도시 위에는 천공의 도시 세이프리와 같은 형태로 다른 도시들이 떠 있는 것은 이미 알고 있는 사실이다.

신성이 아는 것처럼 현재로써는 세이프리를 제외한 다른

도시의 접근은 불가능했다.

각 나라 정부에서 국가 비상사태를 선포하고 전투기나 헬기 등으로 접근해 보았지만 세이프리와 같이 전부 접근할 수 없었다.

그리고 김갑진은 NPC들도 모두 자신들과 다를 바 없는 생명을 가지게 되었고 아르케디아 온라인의 초창기 역사 속에서 생생히 살아왔다는 이야기를 해주었다.

방송은 차분한 분위기 속에서 계속해서 이어졌다.

모든 아르케디아인이 고개를 끄덕이며 방송을 집중하여 바라보았다.

—마지막으로 가장 중요한 것입니다. 우리뿐만 아니라 지구에 있어서도 중요한 일입니다.

그렇게 말하는 에르소나의 얼굴은 굳어 있었다.

에르소나가 루나를 바라보자 루나는 고개를 끄덕이며 손을 뻗었다. 그러자 화면이 바뀌며 서울을 비추었다. 빌딩 숲이 점차 확대되기 시작하더니 전혀 예상하지 못한 광경이 보였다.

"뭐지?"

"무슨 전쟁이라도 난 거야?"

주변의 말처럼 신성 역시 의외의 광경에 크게 놀랐다.

화면에는 마치 생화학 테러라도 있었는지 커다란 벽으로

무언가를 막고 있었고 그 주변에는 군인들과 전차를 포함한 각종 무기들이 배치되어 있었다.

화면은 더욱 확대되어 군인들이 경계하고 있는 곳으로 향했다. 그곳에는 익숙한 것이 있었다.

"저건… 마석?"

자동차 하나 정도의 크기의 크리스털이 공중에 떠 있었다. 크리스털은 음산한 검은빛을 띠고 있었는데 그 주변 공간이 일그러지고 있었다.

저것은 마석이었다. 아르케디아 온라인의 필드에 출현하는 것으로 일종의 게이트였다.

마석을 통해 안으로 진입하면 던전이나 거대한 오픈 필드가 나왔다. 사냥터라고 봐도 무방했지만 기존 게임에 있는 것들과는 조금 달랐다.

'마석이 완전히 검게 변하면 필드 침식이 시작되고 몬스터 웨이브가 시작되는데……'

안으로 들어가 마석의 주인을 없애지 않으면 마석은 사라지지 않았다. 그랬기에 아르케디아 온라인의 플레이어는 실시간으로 이루어지는 NPC의 임무를 받아 토벌 퀘스트를 한 것이다.

—보시다시피 마석입니다. 마석이 지구에 출현했습니다.

"마석이라니?!"

"그, 그럼 몬스터가 나온다는 거야?"

"대박!"

주변이 웅성거렸다. 겁에 질린 이들도 있었지만 대부분 굳은 표정으로 침착함을 유지하려 애썼다. 신성 역시 마찬가지였다.

―루나 님의 권능으로 찾아낸 마석은 다행히 아직 하나뿐입니다. 그러나 마석의 상태를 보건대 곧 필드 침식이 일어날 것 같습니다. 침식되는 필드는… 게임 속 아르케디아 대륙이 아닙니다.

꿀꺽!

신성은 침을 꿀꺽 삼켰다.

―바로 지구입니다.

지구!

지구가 마석에 의해 필드 침식을 당하여 인간이 살아갈 수 없는 환경으로 변할지도 몰랐다.

에르소나가 입을 다물자 침묵이 내려앉았다. 화면의 모두가 굳은 표정이다.

아인트가 침묵을 깨고 입을 떼었다.

―에르소나의 말이 맞다. 지구는 침공당할 것이다. 겨우 마석 하나쯤이야 어떻게든 되겠지 하고 생각할 수도 있겠지만 이것이 시작일지도 모른다.

—그것은 제가 설명하겠습니다. 일단 NPC와 우리와 같은 플레이어에 대해서 말씀드려야 합니다. 게임 속 NPC는 분명 일정한 패턴의 일밖에 하지 못했습니다. 하지만 루나 님을 비롯하여 여러 NPC가 우리와 같이 생각하고 움직이는, 우리와 같은 생명체가 되었습니다.

전 루나교 교황이던 김갑진이 아인트의 말을 받아 설명하기 시작했다.

—루나 님에게 물어본 결과는 충격적이었습니다. 우리가 NPC를 보듯이 루나 님이 속해 있던 세상에서는 우리가 NPC처럼 움직였다고 합니다. '모험가'라고 불리면서 말입니다.

신성은 잘 이해가 되지 않았다. 꼭 아르케디아 온라인 속 세상이 실존한다는 말처럼 들렸다.

—어떻게 그럴 수 있는 것인지는 잠시 접어두도록 하지요. 제일 중요한 문제는… 여러 NPC, 즉 천공의 도시 사람들에게 정보를 수집해 본 결과 아르케디아 역사는 게임 오픈 초창기에 해당됩니다. 태초에 마석이 출현하는 것을 시작으로 아르케디아 대륙이 침공을 받게 되는 바로 그 시점입니다.

신성도 게임의 오프닝을 기억하고 있었다. 태초의 마석을 시작으로 여러 마석이 출몰하여 아르케디아를 혼란으로 물들였다. 그러한 배경에서 플레이어들이 게임을 하는 것이었다.

모든 것이 초기화되고 똑같은 상황이었다. 다만 그 배경이 아르케디아가 아니라 지구가 된 것만 뺀다면 말이다.

다시 한 번 침묵이 내려앉았다.

—지금 마석의 주인을 없애야 합니다. 그렇지 않는다면 몬스터가 마석 밖으로 나올 것입니다. 군부대가 상대할 수 있다면 다행이지만 그렇지 못할 가능성도 있습니다.

—하지만 문제가 있다. 본래 아르케디아 필드에는 부활석이 존재해 죽음에서 플레이어들을 부활시켜 준다는 설정이었다. 허나 지구에 부활석이 존재할 리가 없다.

에르소나와 아인트의 말이다. 그것을 듣고 있던 루나가 조심스럽게 입을 떼었다.

—제 힘으로 부활석을 만들 수 있어요. 다만 이미 마석이 생긴 지역에는 부활석을 설치할 수 없어요.

죽으면 끝이라는 말이다. 부활석이 있다고 해도 정상적으로 부활이 될지도 의문이다.

'복잡하군.'

대단히 복잡한 상황이었다. 어찌 되었든 저 마석은 해결해야 했다. 마석 밖으로 나온 몬스터는 루나의 가호처럼 마석의 가호를 받게 된다.

그 말은 현대 병기로 상대하기 힘들 수도 있다는 말이었다.

"레벨을 더 올릴 수 있다는 건가?"

"병신아, 지금 상황에 그런 말이 나오냐? 수인족이 되더니 머리도 단순해졌군."

"하하하! 재밌을 것 같아!"

"조용히 좀 하세요! 망할 고양이!"

대부분의 아르케디아인은 큰 충격을 받았지만 그렇지 않은 자들도 있었다.

'레벨을 더 올릴 수 있다.'

신성 역시 충격보다는 무언가 설레는 감정을 느끼고 있었다. 드래고니안이 되었기 때문일까?

이보다 더 재미있는 일은 없을 거라는 확신이 들었다.

앞으로의 대책에 대해서 루나와 모험가 대표들이 진지하게 이야기를 펼쳐냈다.

정부와의 관계, 주민 대피 등 여러 중요한 사안이 오갔다. 아르케디아인들은 모두 집중해서 이야기를 들었다. 하나하나가 모두 자신과 관련이 있고 중요했기 때문이다.

신성 역시 그들의 대화를 주의 깊게 들었다. 벌써 정부와 연락을 했는지 조만간 고위 관직에 있는 자들과 면담이 있을 예정이라고 한다. 그 자리에 여신 루나도 같이 간다고 하니 어떤 결과가 나올지 궁금했다.

'그래도 가장 중요한 건 역시⋯⋯.'

마석의 주인을 쓰러뜨려서 마석을 닫는 것.

가장 시급한 것은 그것이었다.

에르소나가 나눈 이야기를 정리하며 다시 한 번 언급해 주려 할 때였다.

루나의 표정이 급격하게 굳어갔다.

—이, 이런!

—왜 그러십니까, 루나 님?

—마석이…….

루나는 다급히 화면을 마석을 향해 비추었다. 마석이 온통 검은색으로 가득 차게 되었다. 방금 전까지만 해도 여유가 있어 보였는데 상황이 급반전한 것이다

에르소나는 완전히 검게 변한 마석을 보며 낭패한 기색을 보였다.

'게임 초창기 기준이니까 더 빠르겠지. 수많은 마석이 있던 그 당시 시절과는 달라.'

신성은 클로즈 베타테스트부터 시작하여 고대 용신의 강림이라는 파이널 퀘스트에 이르기까지 게임의 모든 역사를 경험했다.

마석은 보통 투명한 크리스털 형태로 나타나다가 시간이 지나면 점차 검게 채워지게 된다. 마석이 완전히 검게 변하면 몬스터 웨이브가 시작되어 많은 수의 몬스터가 필드 밖으로 튀어나오게 되는 것이다.

본래 게임이라면 경비원 같은 강한 NPC들이 마을을 보호해서 안전 지역이 따로 있었지만 지구는 그렇지 않을 것이다.

루나는 마석을 처음 접하는 것이기에 당황한 기색이 역력했다.

신성이 겪은 게임의 역사는 루나와 다른 NPC이던 이들에게는 아직 일어나지 않은 역사였다.

몬스터 웨이브가 시작되는 시점을 예측한 에르소나와 다른 모험가 대표의 얼굴에 낭패가 서렸다. 신성이 생각한 것을 지금 깨달은 것이다.

화면에 보이는 마석의 주변 공간이 잔뜩 일그러졌다. 그러다가 마석 앞에 커다란 검은 문이 생성되기 시작했다. 여러 몬스터들이 새겨진 문이었는데 게임에서는 저것을 몬스터 게이트라 불렀다.

몬스터 게이트가 생성되면 마석 안의 몬스터들은 강해지고 마석의 가호를 받아 방어력이 상승했다. 그것은 필드 밖으로 나오는 몬스터들에게도 해당되는 일종의 버프였다. 그리고 몬스터 게이트 주변에서는 점점 빛이 사라져 가며 필드 침식이 일어나게 된다.

모두가 말을 잃은 채 몬스터 게이트를 바라보았다. 마석 근처에 있던 군인들이 빠르게 움직이며 경계하고 있었다.

문이 열리기 전에 부술 생각인지 전차를 비롯한 모든 화력이 몬스터 게이트를 향하고 있었지만 화염만 자욱할 뿐 몬스터 게이트에는 그 어떤 손상도 없었다. 마치 실드라도 생성되어 있는 것처럼 보였다.

"저, 저건……!"

"고, 고블린?!"

"8레벨의 몬스터가 벌써 나오는 거야?"

고블린 한 마리가 등장했다. 자그마한 체구였지만 날카로운 날붙이를 들고 있기 때문인지 왠지 모르게 위압감을 주었다.

고블린은 사방이 막혀 있자 기괴한 비명을 지르면서 벽을 향해 달려들었다. 군인들이 소총뿐만 아니라 대구경 화기를 비롯한 화력을 고블린에게 집중 난사했다.

단지 화면만을 보는 것이라 소리는 들리지 않았지만 딱 봐도 엄청난 위력이었다. 저 정도 위력이라면 고블린이 피떡이 되었음은 분명했다. 하지만 화염과 연기가 사라지고 보이는 광경은 경악 그 자체였다.

고블린이 분명 피해를 입기는 했으나 피부와 근육이 갈라진 것뿐이었다. 아직도 살아 움직이며 벽을 향해 날붙이를 휘둘렀다. 특수한 재질로 만들어진 벽에 커다란 홈집이 날 정도로 강한 완력이다.

다시 한 번 화력이 집중되자 고블린의 육체가 무너지며 쓰러졌다.

고블린이 결국 쓰러지기는 했지만 그것은 마석 주변에 두른 차단벽 때문이었다. 만약 저것이 밖으로 나오게 된다면 화력은 크게 집중할 수 없을 터이고 피해는 막중할 것이다.

'겨우 8레벨의 고블린 하나에 저 정도라니… 그렇다면 중형 몬스터라도 뜨게 된다면 저 일대가 완전히 초토화되겠군.'

현대 무기는 몬스터를 처리하기에 그 효율이 너무나 나빠 보였다. 마치 1레벨짜리 무기를 가지고 8레벨을 상대하는 느낌이 들 정도였다. 게다가 마석의 가호까지 더해지니 미사일 폭격이 있어도 어떻게 될지 모르는 형국이었다.

지구의 물리법칙에 위배되는 것들이 몬스터에게 작용하고 있었다.

"미친! 저기 봐!"

"몬스터 웨이브다!"

몬스터 게이트에서부터 고블린들이 나오기 시작했다. 처음 나온 한 마리는 단순한 정찰병이었다. 단숨에 수십이 넘어가는 고블린이 쏟아져 나오자 주변에서 비명 섞인 외침이 터져 나왔다.

"젠장, 저걸 어떻게 막으라고!"

"군부대로는 못 막아! 봤잖아, 한 마리를 겨우 죽인 거!"

"벽이 높아서 어떻게든 되지 않을까?"

"고블린 설정 알지? 덩치는 작지만 영악하다고 나와 있어! 거의 인간 수준이라고! 그게 적용되었다고 한다면 저런 벽 따위는……."

그렇게 말한 수인족의 말이 맞았다. 고블린의 AI는 몬스터 중에서도 똑똑하기로 유명했다. 초보자들이 많이 애먹는 몬스터 중의 하나였다.

'게다가 고블린 족장이라도 있다면… 무시무시한 결속력을 보이지.'

고블린들이 일제히 벽을 향해 달려들기 시작했다. 한 번에 수십의 넘는 고블린이 벽에 부딪히자 벽이 일그러지며 뒤로 밀려 나기 시작했다. 고블린의 완력은 자그마한 체구에서 나온 것이라고는 믿기 힘든 수준이었다.

안전지대는 없었다. 마석을 닫지 않으면 계속해서 몬스터들은 늘어날 것이고, 그 영향으로 다른 마석이 시기보다 빨리 등장할 수도 있었다.

아르케디아 온라인에서는 일정 이상의 마석들이 도시 주변에 나타나게 되면 도시 역시 영향을 받아 타락하게 되었다. 누구에게나 친절한 도시가 아닌 마물의 도시로 말이다.

서울이 마물에 침략당하고 많은 사람이 죽어간다고 해도 아르케디아인들은 살아갈 수 있을 것이다. 그러나 천공의 도시를 잃는다면 미래는 없었다.

지금 당장 막아야 했다. 웨이브가 길어지고 마석이 늘어날 때 개입한다면 그때는 감당할 수 없을 것이다.

—긴급 상황입니다. 전투가 가능하신 분들은 루나의 탑 앞으로 모여주세요!

에르소나 역시 같은 생각인 것 같았다.

에르소나의 비명 같은 외침이 세이프리 전역에 들려왔다.

아르케디아인들이 루나의 탑으로 향했다. 전투가 일어날 것이라고 직감했기에 전부 향한 것은 아니었다. 아르케디아인 중에는 제법 많은 수가 생산계, 기술계 등의 비전투계였고, 목숨을 잃을 수도 있는 전투에 참여하고 싶지 않아하는 이도 꽤나 많았다.

누가 목숨을 건 전투에 몸을 던지고 싶겠는가? 이것은 게임이 아니라 현실이었다.

하지만 그럼에도 불구하고 루나의 탑에는 적지 않은 아르케디아인들이 몰려들었다. 수인족, 엘프, 휴먼에 이르기까지 종족도 다양했다. 가장 큰 비율을 차지한 것은 전투를 즐겨한다는 설정의 수인족이었고 그다음이 엘프였다.

'생각보다 많이 모였군. 세이프리에 있는 숫자에 비하면 무척이나 적은 수이기는 하지만…….'

신성 역시 루나의 탑에 있었다.

전투가 일어날 것이다. 수많은 8레벨의 고블린과의 전투가 말이다.

모두가 잔뜩 긴장한 얼굴로 무기를 꽉 쥐고 있었다. 그런 것에 비하면 신성은 제법 여유가 있어 보였다. 그 역시 두려운 마음이 드는 것은 마찬가지였지만 그것보다 설레는 마음이 더 컸다.

휘이잉!

루나의 탑 앞에 빛무리가 생기더니 루나를 비롯한 모험가 대표들이 나타났다.

"군부대들이 주변의 주민들을 대피시키고는 있지만 워낙 방대한 영역이라 시간이 걸릴 것이 분명합니다."

에르소나의 말에 아르케디아인들이 웅성거렸다.

"고블린은 몸집은 작지만 오크보다 민첩합니다. 던전에서부터 초보자 마을까지 추적을 계속해 플레이어를 죽였다는 일화가 있을 정도로 악독하기까지 합니다. 그런 몬스터가 서울로 쏟아져 나오고 있습니다. 정부, 그리고 사람들이 우리를 믿지 않고 배척할지라도⋯ 우리가 해내야 합니다. 서울에는 우리의 가족이 있습니다."

에르소나의 간절한 마음이 들어 있는 목소리가 울려 퍼지자 몰려온 아르케디아인들이 고개를 끄덕였다. 모두 합해 이천에 달하는 아르케디아인들의 눈동자가 모두 에르소나를 향해 있었다.

그녀의 목소리에는 감정이 잔뜩 묻어나 있었지만 눈빛은 침착했다. 날카롭게 이성을 유지하고 있었다. 필요에 의해서 감정을 내는 것 같은 느낌이다. 예전의 자신이라면 알아차리지 못했겠지만 지금은 어째서인지 알 수 있었다.

에르소나 역시 천공의 도시를 잃는다면 미래가 없다는 것을 알고 있었다. 그녀는 그런 불안감을 심어 강제로 움직이게 하기보다는 감정에 호소하여 자발적으로 전투에 참여하도록 만들고 있었다.

자발적이냐, 강제적이냐.

그 차이는 너무나 컸다. 강제적으로 참여해야 한다고 말하는 순간 아르케디아인들이 흩어지며 설득할 기회조차 없어질 수 있었다.

'여전하군.'

신성은 그런 점에서 에르소나를 높게 평가했다. 명실상부한 최고의 길드를 이끌던 여인다운 모습이다. 카리스마뿐만 아니라 대중을 휘어잡는 매력까지 존재했다. 다소 계산적인 것이 마음에 들지 않았지만 말이다.

"뭐, 서울은 내 고향이기도 하니까 말이지."

"지구가 몬스터에게 침략당하고 있는데 가만있을 수는 없어."

"재미있겠는데? 폭렙의 기회잖아?"

"게임에서도 이런 대규모 이벤트는 잘 없다고."

분위기가 제법 풀어졌다. 팽팽한 긴장감은 여전했지만 농담을 할 수 있는 수준은 되었다. 묘인족으로 보이는 소녀가 에르소나에게 달려와 그녀의 귀에 대고 무언가 말했다. 에르소나의 얼굴이 급격히 굳어졌다.

"차단벽이 뚫렸다는 소식입니다! 고블린들이… 번화가를 향해 진격하고 있습니다!"

"그 근처에는 중학교가 있다. 지금은 수업 중이겠지."

"상황이 급합니다, 루나 님! 어서……!"

에르소나와 아인트의 말이다.

여신 루나가 한 걸음 앞으로 나오며 아르케디아인들을 바라보았다. 여신다운 존재감을 보여주며 아르케디아인들의 시선을 모았다.

"현재 필드에는 부활석이 없기에 부활은 할 수 없습니다! 다만 죽기 직전이라도 세이프리로 돌아온다면 소생이 가능합니다! 살아만 오세요! 제 이름을 걸고 꼭 구해드리겠습니다!"

"그래야 우리 여신이지!"

"하하하! 루나교에 입교하길 잘했군."

"고블린을 처부수자!!"

많은 아르케디아인이 무기를 치켜들며 함성을 내질렀다. 신성 역시 분위기에 융화되어 들뜨는 기분이 들었다.

그의 심장이 세차게 뛰기 시작했다. 전투를 할 수 있다는 흥분이 그의 몸을 달구었다. 드래고니안이 되었기 때문인지는 몰라도 그는 다가올 위험이 즐거움으로 느껴졌다.

게임을 시작할 때와 똑같은 기분이다.

"현재 제 힘으로 텔레포트 시켜 드릴 수 있는 인원은 오백명 정도입니다."

"선발대 오백 명이 도달한 후 다른 인원은 서울로 귀환해 해당 장소에 모이는 것으로 합니다! 좋은 무기, 높은 레벨의 분들이 우선적으로 앞으로 나와 주세요!"

대부분 5레벨 이하의 초보자들이었다. 일상 퀘스트를 열심히 해서 6레벨 이상에 달하는 자들도 있었는데 그리 많지는 않았다. 일단 레벨보다도 신성과 같이 초보자 이상의 무기를 가지고 있는 자들이 우선적으로 선택되었다.

'일단 검술을 익혀야겠어.'

신성은 인벤토리에서 [F-] 검술 입문서를 꺼내 들었다. 스킬을 익히는 것은 간단했다. 스킬 북에 손을 올려놓기만 하면 스킬 북이 자동으로 열리면서 환한 빛이 손으로 스며들어 오는 것이다. 검술 입문서를 사용하자 머릿속에 검술이 떠오르기 시작했다.

스킬창

[F-] 세이프리 하급 검술(0/10P)

세이프리 아카데미에서 교육하는 하급 검술. 기본적인 검술의 형을 모두 포함하고 있어 기초를 다질 때 좋다. 상위 검술을 익혀 업그레이드할 수 있다.

*[F-] 배쉬 : 마력을 담은 검을 휘둘러 적을 타도한다.

*[F-] 마력 방출 : 시전자의 마력을 방출한다.

마치 머리에 직접 입력한 것처럼 느껴졌다. 기본적인 이론을 순식간에 익혀 버린 것이다. 게임에서는 자동적으로 움직임이 보정되지만 현실에서는 자신이 직접 움직여야만 하는 것으로 보였다.

'휘둘러 봐야겠지만 대충 알 것 같아.'

보통의 아르케디아인들은 스킬을 익혔다고는 해도 머리로만 알고 있는 것이기 때문에 몸으로 직접 사용하며 익혀야만 했다. 그것이 게임과 현실의 차이점이었다.

하지만 신성은 용의 재능이라는 말도 안 되는 스킬이 있기 때문에 충분히 실전을 치르면서 사용할 수 있을 것이다.

아무튼 신성은 보급 무기를 가지고 있었기에 오백 명 안에 속할 수 있었다. 그중에서 신성과 같은 [F-] 급을 가진 이들은 그리 많지 않았다.

신성이 도열에 합류했을 때 호랑이 얼굴을 한 수인족이 다가왔다. 2m를 가뿐히 넘는 키에 근육질의 모습은 대단히 위협적이었다.

"오, 그거 혹시 아카데미 보급 검이에요?"

"네, 맞습니다."

"어디서 구했어요? 퀘스트도 없던데."

"기사대장이 줬습니다. 그런데 그쪽은 도끼네요?"

수인족은 거대한 나무 도끼를 들고 있었다. 그는 씨익 웃으며 도끼를 들어 보였다.

"이틀 동안 대장간 노가다를 해서 받은 겁니다. 스텟을 힘으로 몰빵해서 겨우 들 수 있게 되었어요. 이걸로 고블린들을 상대할 수 있을지 의문이긴 하지만……."

"뭐, 어떻게든 되겠죠."

"하하, 그렇죠. 부딪쳐 봐야죠."

신성은 그의 말에 피식 웃었다. 그 역시 웃으며 고개를 끄덕였다.

"아! 저는 호라스입니다. 뉴욕에서 왔어요."

"이신성, 서울 출신입니다."

"서울 출신이시군요. 처음 봤을 땐 최고위 NPC인 줄 알았다니까요? 반신반의했습니다. 하하하!"

로브를 뒤집어쓰고 있기는 하지만 신성은 이들 중에서 단연 돋보였다. 에르소나조차 잠시 신성에게 눈을 뺏길 정도였다. 여신 루나는 신성을 바라보며 크게 놀랐지만 재빨리 표정을 수습했다.

"천공의 도시 세이프리의 권한으로 여러분에게 부탁드리겠습니다!"

[F] 토벌 퀘스트 발생!

여신 루나가 천공의 도시에 권한을 이용하여 토벌 퀘스트를 작성하였다. 천공의 도시에서 의뢰 등급에 맞는 경험치와 보상을 지급할 것이다.

목표 : 서울에 출몰한 고블린 웨이브를 막아라!

보상 : 1,000EXP, 4,000C

"오! 퀘스트 떴다!"

"오오! 보상 봐! 짭짤한데?"

레벨 업을 하고 스탯을 찍을 수 있을 때부터 다들 감은 잡고 있었지만 퀘스트 보상을 보자 게임이 현실과 제대로 결합했음을 다시 한 번 깨달을 수 있었다.

"4,000C면 좋은 장비 하나 새로 장만할 수 있겠어."

"난 일단 월세로 상점을 차려보려고, 보니까 자리도 대여되더라고."

"오, 그럼 농사라도 해볼까? 레드 허브를 길러서 포션 장사를 할 수 있을지도 모르겠네."

이런저런 이야기들이 나왔다.

신성은 토벌 퀘스트를 수락하였다. 경험치와 보상은 천공의 도시에서 지급하는 것으로 보였다. 천공의 도시가 휘청할 수도 있는 수준이었지만 루나는 보상을 아끼지 않았다.

그녀의 입장에서는 이곳은 이계였지만 진심으로 걱정하고 있었다. 그녀는 게임 설정상 고통 받는 사람들의 마음을 느낄 수 있었다. 그리고 그들의 원망과 증오를 달로 보내 정화시켜 주는 것이 그녀의 임무이기도 했다.

지금 그녀는 아르케디아인뿐만 아니라 서울에서 고통 받는 인간들의 마음까지 느끼고 있었다. 그저 외면하면 될 일이었지만 그녀는 생명을 너무나 아꼈다. 그리고 사랑했다. 그야말로 여신의 성품이라고 할 수 있었다.

"지금부터 공간이동을 실시합니다! 대규모 이동이라 도착 장소가 서로 차이가 날 수가 있으니 그 점 유의해 주세요!"

신성은 루나를 바라보았다. 신성이 자신을 바라보자 루나는 살짝 몸을 떨며 헛기침을 하고는 그의 시선을 피했다. 루나가 주문을 외우기 시작하자 흰빛이 뿜어져 나오며 바닥에 마법진이 새겨지기 시작했다.

"좋아, 가자."

신성이 버릇처럼 주문을 걸듯 작게 말하자 옆에 있던 호라스가 거대한 도끼를 치켜들었다.

"가자! 쳐부수자! 그리고 득템하자!"

"와아아아! 박살 내자!"

"아자!"

호라스의 외침을 시작으로 마법진 안에 있는 아르케디아인들이 크게 외치기 시작했다.

환한 빛이 터져 나오며 공간이동이 되었다. 오백 명이나 이동시키는 대규모 공간이동은 세이프리 상공을 넘어 서울 전역에서 보일 정도로 밝았다.

빛의 기둥이 하늘로 올라가더니 오백의 빛줄기가 마치 운석처럼 떨어져 내리기 시작했다.

파앗!

신성을 포함해 오백 명은 순식간에 서울로 내려올 수 있었다. 갑작스러운 공간이동으로 인한 어지러움에 멀미를 호소하는 자들도 보였지만 신성은 아무런 문제가 없었다.

콰아아앙! 타다다다다!

무언가 폭발하는 소리와 총탄이 발사되는 소리가 울려 퍼졌다. 고개를 들어 정면을 바라보니 군인들을 향해 미친 듯이 달려드는 고블린들이 보였다. 군인들은 시민들을 보호하며 고블린에게 계속해서 총알을 발사했다.

도시는 전쟁터를 방불케 했다.

"막아! 그쪽이 뚫리면 끝이야!"

"타, 탄약이……!"

고블린들은 대단히 민첩했다. 그리고 무자비했다.

"키에에엑!"

"캐액!"

군인들에게 달려들어 단검을 마구잡이로 휘둘렀다. 인간을 뛰어넘는 완력에서 나오는 공격은 일격에 죽음에 이르게 할 만큼 매서웠다.

스릉!

신성이 제일 먼저 검을 뽑았다. 많은 이들이 눈앞에 펼쳐진 참혹한 광경을 보곤 몸이 굳어 움직이지 않았지만 신성은 달랐다.

검을 잡자 감정이 냉정하게 가라앉으며 지금 해야 할 일들이 떠올랐다.

참혹한 광경은 그에게 두려움을 주지 않고 차분하게 타오르는 분노를 전해주었다.

"간다."

신성이 가장 먼저 움직였다. 드래고니안 스킬의 힘으로 모든 스텟에 +50이라는 어마어마한 수치가 붙었기에 그의 속도는 무척이나 빨랐다. 고블린과 비교해도 대단히 빠르게 느껴질 정도였다.

신성은 몸이 무척이나 가벼운 것을 느끼곤 미소를 지었다. 게임에서의 움직임과는 비교할 수 없을 정도로 떨어졌지만 현실에서 발휘하는 초인적인 힘은 제법 많은 흥분을 가져다 주었다.

　'이 정도라면 생각한 대로 움직일 수 있겠어.'

　레벨 차이는 무시할 수 없겠지만 스텟의 힘으로 커버가 가능할 것이다.

　바로 앞에 군인에게 단검을 휘두르려고 하는 고블린이 보였다. 신성은 두 손으로 검을 고쳐 잡고 고블린을 향해 크게 베었다.

　콰가가가가!

　검술의 스킬 중 하나인 배쉬가 발동되며 고블린의 몸을 그대로 베어버렸다. 근력 스텟 60에서 뿜어져 나오는 힘은 고블린을 단번에 빈사 상태로 만들 만큼 엄청났다. 갈라진 고블린의 육체에서 피 대신 검은 연기가 치솟았다.

　'대미지가 먹힌다. 그렇다면……!'

　신성은 몸을 회전시키는 반동으로 단번에 바로 옆에 있는 고블린의 목을 날려 버렸다.

　서걱!

[EXP 100×2 UP]

[LEVEL UP]

[1P×2 UP]

고블린 두 마리가 허무할 정도로 쉽게 사라져 버렸다. 순간적으로 기습을 했기에 생각보다 쉽게 처리할 수 있었다.

예상한 거부감이나 어려움은 없었다. 오히려 묘한 흥분이 손끝에서 전해졌다.

'이게 아카데미 하급 검술……!'

벌써부터 손에 익는 느낌이다. 용의 재능이라는 스킬 덕분이다. 고블린이 사라진 자리에는 아이템이 드롭되어 있었다. 스킬 포인트와 경험치가 오르고 아이템이 드롭되는 것은 게임과 똑같았다.

[F-] 최하급 마정석

마력이 들어 있는 보석.

가장 쓰임이 많은 보석 중의 하나이다. 통용 화폐인 마력 코인으로 전환이 가능하다.

[F-] 작은 루비

아름다운 붉은빛으로 빛나는 보석.

마력을 담을 수 있어 장신구를 만들 때 주로 쓰인다. 상점에서 꽤나 좋은 값에 팔 수 있을 것이다.

드롭되는 아이템은 아르케디아 온라인 초기와 똑같았다. 앞으로 어떻게 될지는 모르지만 가지고 있으면 분명 쓸모가 있을 것이다. 신성은 일단 아이템을 인벤토리에 넣었다.

"대, 대단해."

"저 괴물을 한 번에……."

군인들은 얼떨떨한 표정으로 신성을 바라보았다. 총탄에도 쓰러지지 않던 고블린이 순식간에 죽는 광경은 현실감이 없을 정도였다.

레벨 업을 해서 스텟 분배를 할 수 있었지만 지금은 그럴 수 없었다.

지금은 전투 중이었다.

아르케디아 온라인에서는 스텟을 분배하고 적용할 때는 일정 이상의 시간이 걸렸다. 그것은 게임이 현실이 된 지금도 변하지 않았다.

"캐액?"

"캐애애액!"

동료가 죽는 것을 본 고블린들이 신성을 향해 고개를 돌렸다. 서른 마리가 넘는 고블린이 자신을 바라보자 온몸에 털이

곤두서는 듯한 느낌이 들었다.

너무나도 짜릿한 기분이다. 게임에서 보스 몬스터를 상대할 때도 이런 느낌을 받지 못한 신성이다. 두려움과 흥분, 그리고 설레는 감정이 합쳐지며 신성의 몸을 자극했다. 그리고 깊은 곳에 있던 새로운 감각을 끌어올려 주었다.

신성은 얼이 빠진 군인들을 바라보았다. 군인들만 있는 것이 아니었다. 미처 피난을 가지 못해 군인들이 보호하고 있는 많은 일반인도 있었다.

큰 부상을 당한 자들이 많았다. 고블린들은 일부러 사냥감에게 상처를 입히고 천천히 조여가고 있었다. 이것을 하나의 유희로 생각하는 모양이다.

'내가 도망치면 다 죽겠군.'

서른이 넘는 고블린이 상대라면 도망치는 것이 가장 현명한 선택이었지만 신성은 그렇게 하지 않았다.

일반인도 크게 작용했지만 무엇보다도 자존심이 허락하지 않았다. 저런 하급 몬스터에게 물러나려 하는 것을 마음속에서부터 치밀어 오르는 무언가가 인정하지 않고 있었다.

"키에에엑!"

"키에에엑!"

고블린들이 울부짖으며 신성을 향해 달려들 때였다.

"고블린 새끼들이 미쳤나!"

"막아!"

"쓸어버리자!"

신성의 주위로 아르케디아인들이 나타났다.

굳은 표정이었지만 겁에 질려 움직이지 못하는 정도는 아니었다. 오십 명의 아르케디아인이 신성의 주위로 나타나자 고블린들도 울부짖는 것을 멈추고 대열을 정비하기 시작했다.

"어떻게 할까요, 신성 님?"

신성에게 의견을 묻는 이는 호랑이 얼굴을 한 호인족(虎人族) 호라스였다. 호라스의 말에 모두의 시선이 신성에게 집중되었다.

신성에게서 뿜어져 나오는 존재감은 굉장히 강렬했다.

모두가 은연중에 신성을 따라야겠다고 생각하고 있었다. 그것이야말로 모든 종족 위에 군림하던 드래곤의 기세였다. 비록 아직은 해츨링이라는 칭호를 달고 있는 드래고니안이었지만 존재의 격에서 다른 이들과는 너무나 큰 차이가 나고 있었다.

그 때문인지 호라스는 신성에게서 진정한 강자의 분위기를 읽을 수 있었다. 신성의 존재감은 수인족의 민감한 감각을 자극할 정도였다.

"우리는 아무래도 본대와 떨어진 것 같은데요. 일단 에르소나 님과 같은 지휘관이 필요합니다. 제가 보기엔 신성 님이 적격인 것 같군요."

"아, 저는 솔플만 해서……."

호라스처럼 태연한 이들도 있었지만 대부분이 크게 들떠있었다. 이런 상태로 마구잡이로 부딪쳤다가는 적어도 반 이상이 고블린에게 당할 것이다. 이런 상황에서 고블린 두 마리를 쉽게 잡은 자신이 구심점 역할을 할 수밖에 없었다.

이것은 게임이 아닌 현실이기에 희생을 최소화해야만 했고 내키지는 않지만 해야 했다.

[파티장으로 임명되셨습니다.]
[드래고니안의 힘으로 파티원의 의지력이 상승합니다.]

신성이 파티장으로 임명되자 가슴에 파티장을 나타내는 마크가 떠올랐다.

"탱커 스킬을 가진 분들이 앞에 섭니다. 그리고……."

주로 힘 스텟의 상승 보정을 받는 수인족들이 탱커를 많이 선택했다. 수인족 중에서는 묘인족처럼 민첩 보정을 받는 종족도 있었지만 대개 힘이 뛰어났다.

방패를 들고 스킬을 쓰려면 힘이 뛰어나야 하기에 수인족들에게 딱 어울렸다. 물론 그들은 타고난 전사여서 탱커 이외에 근접 딜러에도 많이 분포해 있다.

휴먼 역시 탱커를 선택하곤 했는데 상위 종족인 엘더를 선택하게 되면 보조 딜러 역할도 할 수 있기 때문에 취향에 따라 선택하는 편이었다. 휴먼은 균등한 스텟을 가지기 때문에 다른 직업과 섞은 하이브리드 직업이 많은 편이었다.

신성은 가장 기본적인 대열을 주문했다. 마구잡이로 서 있었는데 대열을 정비하는 것만으로도 생존 확률이 크게 올라갈 것이다. 그리고 신성은 오로지 자신의 말에 집중할 것을 요구했다.

중구난방으로 떠들다가 흩어지게 되면 전멸할 수도 있기 때문이다.

신성의 말에 모두가 굳은 표정으로 고개를 끄덕였다. 긴장감이 피부를 찌를 듯했다.

"뭐, 죽으러 가는 것도 아니고 긴장할 것 없습니다. 고블린 따위야 수도 없이 잡아봤잖아요? 아르케디아에서 고블린에 죽는 멍청이는 거의 없지요. 모처럼의 기회이니 천천히 레벨 업이나 합시다. 이참에 지구에서 랭커가 되어보죠."

신성이 가벼운 어조로 그렇게 말하자 여기저기에서 웃음이 터져 나왔다. 에르소나를 흉내 내본 것이 꽤나 유효하게 작용했다.

"하하, 그거 좋네요!"

"어서 잡고 집에 갑시다."

"고블린 따위에게 쫄 수는 없지!"

분위기가 풀어지자 아르케디아인들의 굳어 있던 몸이 점차 풀려갔다.

신성은 검을 다시 잡으며 정면을 바라보았다. 고블린들의 붉은 안광이 너무나 선명하게 보였다.

"키에에엑!"

고블린 중에서 가장 몸집이 큰 고블린이 울부짖었다.

다른 고블린과는 다르게 거대한 도끼를 들고 있었다. 딱 봐도 심상치 않아 보였다. 그 고블린이 뿜어내는 살기가 압박감이 되어 느껴졌다.

신성 역시 검을 꽉 쥐며 큰 고블린을 노려보았다.

"감정 스킬 있으신 분! 정보 공유를 부탁드립니다!"

"저에게 감정 스킬이 있어요!"

신성이 그렇게 외치자 뒤에 빠져 있던 여인이 손을 들었다. 고양이 귀를 가진 묘인족이었는데 힐러 포지션이다. 여인은 빠르게 몬스터를 감정한 다음 모두와 정보를 공유했다.

10Lv

[F-] 고블린 전사

거대한 도끼를 자유자재로 쓰는 소형 몬스터로 수십 마리의 고블린을 이끈다고 알려져 있다.

저 레벨의 몬스터지만 무시무시한 근력 덕분에 랭크가 붙었다.

*드롭 아이템 : 하급 마정석, 고블린 도끼, 빛나는 루비 원석, [F-] 고블린 전사의 도끼

감정인 : [초보자] 이유리

"고블린 전사… 하필이면……."

신성은 고블린 전사의 정보를 보고 긴 숨을 내쉬었다. 무려 레벨이 10이었고 랭크까지 붙은 몬스터였다. 정예는 아니었지만 지금 초보자에 불과한 아르케디아인들에게는 너무나 큰 산이었다.

모두가 고블린 전사의 정보에 긴장할 때였다. 신성 옆에 있던 호라스가 거대한 도끼를 꼭 쥐며 입을 뗐다.

"옵니다."

고블린들의 작은 발소리가 유난히 크게 느껴졌다.

고블린들이 단검을 치켜들며 진격해 오기 시작했다.

작은 몸집이었지만 서른 마리가 넘어서는 고블린이 진격해 오자 대단한 압박감이 느껴졌다. 아르케디아인들 뒤에 빠져 있는 일반인들이 비명을 지르며 주저앉았다.

일반인들에게 있어서 고블린은 끔찍한 악몽 그 자체였다.

"탱커! 앞으로! 전사 계열 분들은 최대한 딜러에게 가는 대미지를 분산해 주세요!"

"아, 알겠습니다!"

"알았어요!"

모두 대답하기는 했지만 기세에서 밀리고 있었다. 이럴 때는 행동으로 보여주는 것이 좋았다. 수많은 보스 공략을 해 온 신성은 잘 알고 있었다. 게임 속 대규모 레이드를 할 때에도 적의 기세에 눌려 움직이지 못한 플레이어들이 한둘이 아니었다. 하물며 현실인 지금은 더욱 그럴 것이다.

신성은 앞으로 나오며 검을 치켜들었다. 파티를 지휘하는 자는 보통 뒤로 빠져 있어야 하지만 신성은 탱커들의 라인보다 앞에 있었다.

성난 파도처럼 밀려오는 고블린을 보면서도 겁이 나지 않았다. 묘한 흥분이 온몸을 타고 흘렀다. 신성의 눈동자가 타오르듯 이글거리며 황금빛으로 일렁였다.

아직 개화되지 않은 드래곤의 눈동자가 본능적으로 나타난 것이다.

"원거리 공격 준비!"

신성의 말은 모두를 움직이게 하는 힘을 지니고 있었다.

무언가 알 수 없는 의지가 아르케디아인들에게 전해져 왔다.

신성의 말에 자동적으로 집중되며 전투 이외의 다른 생각
이 사라져 갔다.

신성이 검을 치켜들며 소리치자 탱커 라인 가장 뒤에 있던
궁수 계열, 마법 계열 스킬을 지닌 자들이 활시위를 당기고
마법을 캐스팅했다. 급조한 대열이기 때문에 제대로 준비가
되지 않았지만 지금은 일단 해보는 것이 중요했다.

고블린의 진격이 어느 정도 가까워지자 신성은 검을 앞으
로 뻗었다.

"발사!"

휘이이익!

쉬이이익!

화살과 파이어 애로우를 포함한 마법 공격이 고블린들에게
작렬했다.

고블린 한두 마리가 그 자리에서 쓰러지고 다른 놈들에게
꽤나 대미지를 입혔지만 고블린의 진격을 막을 수는 없었다.

아르케디아인들의 스킬 랭크가 대체로 낮아 명중률과 위력
이 제대로 나오지 않았기 때문이다.

"방어 준비!"

"디펜스!"

"디펜스!"

방패를 지닌 자들이 방패를 바닥에 찍으며 정면을 바라보

았다. 초보자용 나무 방패이기는 하지만 앞을 막아서는 폼은 믿음직스러웠다.

　이곳에 나와 있는 이들은 게임 속에서 꽤나 레벨을 올린 이들이다. 공성전, 대규모 토벌 레이드에 참여한 경험이 있었다. 때문에 자연스럽게 신성의 말에 반응할 수 있었다.

　신성은 바로 앞까지 온 고블린들을 바라보며 검을 휘둘렀다.

　"배쉬!"

　아직 숙련도가 낮아 스킬 명을 외치는 것으로 더욱 안정적인 스킬 발현이 가능했다.

　신성의 앞으로 빛이 뻗어 나가며 고블린들을 베어냈다. 고블린들이 쓰러지는 것이 보이자 아르케디아인들의 눈빛에 생기가 감돌기 시작했다.

　고블린들이 배쉬 후에 생기는 자세의 틈을 노리며 단검을 찔러왔다.

　"차지!"

　"차지!"

　신성의 앞을 탱커 라인이 진격하며 막았다. 나무 방패가 빛남과 동시에 정면으로 충격의 파동이 방출되며 고블린들을 튕겨냈다.

　'고통은… 참을 만해.'

　생각보다 그렇게 아프지는 않았다. 신성은 다리에 박힌 단검을 뽑아내고는 호라스를 바라보았다.

탱커들의 쉴드 차지 스킬로 인해 많은 고블린이 스턴 상태에 빠져 있었다. 지금이 숫자를 확실히 줄일 기회였다. 호라스가 신성의 뜻을 알아듣고는 고개를 끄덕였다.

그의 얼굴에는 미소가 서려 있었다. 날카로운 호랑이의 송곳니가 드러나 있다. 그 역시 전투에 흥분한 것이다.

"근접 딜러들아! 가자!"

"죽여! 죽여 버리자!"

"미친 몬스터 새끼들이 어디서 사람을 죽여!"

딜러들이 방패로 앞을 막으며 몸을 숙이고 있는 탱커 라인을 뛰어넘으며 진격했다.

"원거리 공격 준비! 피아 식별 없이 사격해 주세요! 20레벨 아래라 안 맞습니다! 은신 스킬을 지니신 도적 계열 분들은 딜링보다는 부상자가 생기면 구조를……!"

그렇게 외치고는 신성 역시 앞으로 달려들었다.

신성의 검이 빠르게 고블린의 몸을 갈랐다. 스턴이 걸려 있는 고블린들은 아르케디아인들의 계속된 공격에 연이어 쓰러졌다.

"배쉬!"

신성은 결코 초보자라 부를 수 없는 마력을 지니고 있었다. 게다가 자연적으로 회복되는 마력은 거의 고속 재생 수준이었다.

배쉬 역시 많은 마력이 드는 스킬이었지만 드래곤 하트로 인해 큰 부담은 없었다.

스턴에서 깨어난 고블린들이 더 미쳐 날뛰기 시작했다. 먹 잇감이라 생각한 인간들에게 당하자 화가 난 것이다.

"크윽!"

철제 양손검을 들고 있던 수인족 전사가 휘청거리며 바닥에 무릎을 꿇었다. 그의 몸에는 고블린들의 단검이 박혀 있고 한쪽 팔이 잘려 나가 있었다. 피가 흐르는 대신 붉은 안개가 뿜어져 나오고 있었다.

게임이었다면 모자이크로 처리되었을 테지만 지금은 마치 피가 기화하는 것처럼 보였다.

"어서 부상자를 뒤로!"

"숫자가 너무 많습니다!"

"제길! 다가가기 힘듭니다! 숫자가 많아 은신을 할 수 없어요!"

신성의 말에 도적 계열의 아르케디아인들이 그렇게 외쳤다. 그들 역시 힘겹게 고블린들의 공격을 피하며 전투를 이어가고 있었다.

"젠장! 오지 마! 대열이 흩어진다고! 대열이 무너지면 끝이야!"

고블린 사이에 갇히게 된 수인족 전사는 그렇게 외치며 이를 악물고 일어나 한 손으로 양손검을 휘둘렀다.

늑대 형상을 한 거대한 근육질의 몸에서 뿜어져 나오는 파워는 대단했으나 고블린들은 집요하게 약점을 노렸다.

"크악!"

결국 수인족 전사는 다시 바닥에 무릎을 꿇을 수밖에 없었다.

"죽음 따위, 생각보다 안 무섭네. 크하하! 머리까지 늑대가 되어버린 모양이야."

상황은 절망적이었다. 숫자가 많아 다가가기 힘들었다. 저대로 놔두다간 첫 사망자가 되어버릴 것이다. 그렇게 놔둘 수는 없었다.

탱커 라인과 원거리 딜러들, 그리고 서포터들은 현 대열을 유지하기에도 벅차 보였다.

신성은 이를 악물고 앞을 향해 달리기 시작했다.

'본래라면 버리는 것이 맞지만 이건 현실이잖아! 죽으면 끝이라고!'

무슨 일이 있어도 살린다.

그것이 신성의 의지였다.

자신의 앞으로 달려든 고블린을 발로 차버린 다음 수인족 전사를 향해 점프했다. 고블린 여럿을 그대로 넘어가며 착지했다.

"마력 방출!"

드래곤 하트가 지닌 모든 마력이 순식간에 방출되었다. 초보자라고는 믿기지 않을 정도로 많은 마력이 수인족 전사 주변에 있던 고블린들에게 폭탄처럼 떨어졌다.

"키에에엑!"

"캐애액!"

몇몇 고블린은 그 자리에서 몸이 터져 버렸고, 다른 고블린은 크게 주변으로 튕겨 나갔다. 신성은 수인족 전사의 앞에 착지했다. 수인족 전사가 숨을 헐떡이면서 신성을 바라보았다.

"뒤를 조심……!"

수인족 전사가 신성의 뒤를 바라보며 그렇게 외쳤다. 신성이 빠르게 뒤를 돌며 검을 크게 휘두르자 고블린의 몸이 두 동강나며 바닥에 떨어졌다.

신성은 숨을 몰아쉬며 수인족 전사의 몸을 부축했다.

"파티장님, 여기서 당하시면 안 됩니다. 그냥 저를……!"

힘겹게 말하는 수인족 전사의 입에서 피가 흘러나왔다. 마력 방출로 인해 주변으로 고블린들이 튕겨 나가기는 했지만 곧 다시 몰려올 것이다. 고블린들은 부상자들을 집요하게 노릴 줄 알았다.

"같이 갑니다."

신성은 수인족 전사를 부축하면서 검을 들었다. 고블린들이 기괴한 울음을 내뱉으며 다시 몰려오기 시작할 때였다.

"으라차! 파티장님을 보호해! 길을 뚫어!"

"젠장! 무조건 호위해!"

"다가오지 못하게 막아!"

"서포터! 버프! 버프!"

호라스와 근접 딜러들이 고블린들을 튕겨내며 길을 만들었다. 원거리 마법 공격이 주변에 떨어짐과 동시에 탱커 라인이 진격하기 시작했다.

"쫄지 마! 방패 라인 올려! 디펜스!"

"디펜스!"

"디펜스!"

힘들게 라인을 끌어올린 탱커들이 신성의 주변까지 다가왔다. 그들은 필사적이었다. 부상자를 구하려는 신성의 모습을 보고 젖 먹던 힘까지 짜내고 있었다.

"차지!"

"차지!"

충격의 파동이 발생하며 고블린들을 다시 뒤로 밀어냈다. 신성은 자신의 주변에 모여든 아르케디아인들과 눈을 맞추었다. 모두가 크고 작은 부상을 당한 상처투성이였지만 눈빛은 살아 있었다.

"지금입니다! 파티장님! 어서 뒤로!"

"저희가 호위하겠습니다!"

근접 딜러 몇이 신성의 옆에 붙었다.

신성이 수인족 전사를 부축하고 뒤로 빠지자 힐러 계열 스킬을 지닌 자들이 빠르게 다가왔다. 서로 협동하여 버프 주문을 외우고 있었는데 그들 중 몇몇이 빠져 부상자를 치료하고 있는 것이다.

"힐!"

"힐!"

그들이 주문을 외우며 시동어를 외치자 성스러운 빛이 뿜어져 나오며 신성과 수인족 전사의 몸을 감쌌다.

수인족 전사의 사라진 팔이 천천히 복구되기 시작했다. 힐러들은 땀을 뻘뻘 흘리면서도 결코 회복 마법을 멈추지 않았다.

"크윽, 덕분에 살았습니다."

"아직 살지 죽을지 모릅니다."

"하하핫! 그래도 고블린 따위에게 죽을 수는 없죠!"

신성은 피식 웃고는 자리에서 일어났다.

신성은 다리에 난 상처가 회복되자 바로 다시 전선으로 향했다. 수인족 전사는 상처가 다 회복되지 않았음에도 몸이 움직여지자 바닥에 있는 무기를 잡고 고블린들을 바라보았다.

이제 상황은 아르케디아인들에게 유리하게 돌아가고 있었다. 고블린들은 탱커 라인을 넘어서지 못하며 숫자가 줄어들고 있었다. 그에 비해 아르케디아인들은 큰 부상자들이 생기기는 했으나 힐러 스킬을 지닌 자들 덕분에 사망자는 없었다.

"파티장님이 합류하셨다!"

"힘을 내라!"

신성의 모습이 보이자 분위기가 기세를 타고 살아나기 시작했다. 신성의 합류에 모두의 손발이 척척 맞아떨어지기 시작했다. 탱커 라인이 방어 라인을 올리며 고블린들을 밀쳐내고 스턴을 걸었다. 그때마다 근접 딜러들이 빠르게 움직이며 고블린들을 도륙했고, 난전이 벌어질 때쯤 원거리 폭격이 이어졌다.

"파티장님! 버프 준비가 끝났습니다!"

뒤에서 힐러 하나가 큰 소리로 외쳤다.

"탱커, 앞으로! 디펜스, 차지 준비! 근접 딜러들은 한곳으로 모입니다!"

"예!"

"알겠습니다!"

신성의 근처로 근접 딜러들이 모여들었다. 신성이 손을 쳐

들자 힐러들이 그것을 알아듣고 시동어를 외쳤다.

"파워 업!"

"파워 업!"

동시에 시동어를 외치자 순백의 빛이 하늘 위로 터져 나갔다. 마치 천사의 날개처럼 하늘 위로 날아오르다가 신성의 근처로 떨어져 내렸다. 하얀빛의 가루에 닿는 순간 신성은 힘이 솟구치는 것을 느꼈다. 모험가 팔찌를 바라보니 창이 떠올라 있다.

버프 : [F-] 파워 업
*근력 : +15
남은 시간 : 5분

주변 모든 이의 근력 수치가 전부 15씩 올라갔다. 별것 아닌 것 같았지만 초보자들에게 있어서 15는 굉장한 차이였다. 고블린과의 격차를 단번에 메워 버릴 수 있는 수치이기도 했다.

"공격!"

신성이 그렇게 말하며 고블린들에게 달려들었다. 고블린들이 크게 밀리기 시작했다. 울부짖으며 악착같이 덤볐지만 아르케디아인들은 더 이상 고블린에게 두려움을 가지고 있지 않았다. 가지고 있는 것은 분노였다.

"키에에에엑!"

뒤에 빠져 있던 고블린 전사가 달려오며 전선에 합류했다. 조금씩 밀리던 고블린들이 고블린 전사를 보자 울부짖으며 악착같이 달려들었다.

고블린 전사의 몸에서 검은 기운이 맺히기 시작하더니 두 눈이 붉게 변했다.

"캐애애액!"

귀가 멀어버릴 것 같은 울부짖음이다. 고블린 전사가 그렇게 울부짖는 순간 검은 기운이 터져 나가며 고블린들에게 흡수되기 시작했다. 검은 기운에 닿은 고블린들의 두 눈이 붉어졌다.

'광폭화 버프!'

고블린 전사의 스킬인 광폭화였다. 부하들의 이성을 마비시키는 대신 순간적으로 크게 스텟을 올려주는 스킬이었다.

"크윽!"

"미친! 너무 빨라!"

고블린 사이에서 단검을 휘두르던 다크엘프가 다급히 뒤로 빠졌다. 고블린들이 침을 흘리며 달려들었다.

온몸에 상처가 가득해도 결코 물러나지 않았다. 마치 고통을 잊은 듯했다. 상처를 입고 쓰러져 있던 고블린들까지 으르

렁거리며 일어났다.

터엉!

"크악!"

고블린 전사가 도끼를 휘두르자 검은빛이 뿜어져 나가며 탱커 하나를 방패째 뒤로 날려 버렸다. 상당히 거리가 떨어져 있음에도 위력이 대단했다.

단 한 방에 탱커가 빈사 상태에 빠졌다. 죽지는 않았지만 한동안은 전투 불능일 것이다.

'고블린 전사부터 처리해야 해!'

대열이 무너지기 전에 없애 버려야 했다. 신성은 고블린 전사를 노려보았다.

"호라스! 수인족! 그리고 거기 다크엘프들!"

"예, 파티장님!"

신성이 부르자 호라스와 몇몇 수인족, 다크엘프들이 달려드는 고블린을 쳐내고 신성 옆으로 모였다.

고블린의 숫자는 확실히 줄어들어 있었지만 워낙 날뛰고 있어 다가가기 힘들었다. 탱커 라인은 함부로 뺄 수 없었으니 남은 것은 민첩한 특수부대를 꾸려 고블린 전사를 격퇴하는 일뿐이었다.

"무리한 부탁인 것은 알겠지만 고블린 전사에게 가는 길을 뚫어야 합니다."

"불러주셔서 감사합니다, 파티장님. 단번에 목을 따버리죠. 아주 피를 철철 흘리게 만들고 싶네요."

신성의 말에 다크엘프 하나가 단검을 돌리며 말했다. 그녀의 얼굴에는 매혹적인 미소가 떠올라 있었다. 다른 다크엘프들도 마찬가지였다. 다크엘프들은 온순하다고 알려진 엘프들과 달리 전투를 무척이나 좋아하는 종족이었다. 특히 사냥감의 피를 보는 것을 즐겼다.

수인족들도 피식 웃으면서 고개를 끄덕였다.

"갑시다!"

신성이 달리기 시작하자 다크엘프들이 호위하듯 신성의 주변에서 나란히 달렸다. 수인족들은 앞서나가며 달려드는 고블린들을 쳐냈다. 고블린들의 어그로가 모두 수인족에게 향했다.

"크하하!"

"죽어라!"

수인족들은 미친 듯이 웃음을 흘리며 고블린들을 상대했다. 상처가 늘어났지만 그런 것 따위는 이미 신경조차 쓰지 않았다.

"키에에에엑!"

고블린 전사가 소리치자 주변에 있던 고블린들이 고블린 전사를 보호하듯이 뭉치기 시작했다.

다크엘프 중 하나가 손을 들었다. 검붉은 머리가 인상적인 여인이었는데 다크엘프의 리더 역할을 하고 있었다.

신성이 그녀를 바라보자 그녀는 고개를 끄덕이고는 외쳤다.

"그림자 베기 준비!"

신성의 주변에서 나란히 달리며 다크엘프들이 단검을 아래로 내렸다. 그것은 다크엘프가 되면 자동적으로 생기는 단검술에 포함된 스킬이었다. 그들은 각성 때 정령의 힘을 포기하고 다크엘프가 된 이들이었다. 정령의 힘 대신 그림자의 힘을 계승하여 치명적인 암살 검을 지닐 수 있게 된 것이다.

다크엘프들이 뭉쳐 있는 고블린들의 앞에 도달했을 때다.

"죽여 버려!"

"하앗!"

"하압!"

어두운 그림자가 터져 나가며 고블린들을 위로 쳐냈다. 버프의 힘을 받은 그림자 베기는 고블린들을 한순간 공중에 붕 뜨게 만들었다.

신성은 그것을 바라보며 바로 검을 휘둘렀다.

"배쉬!"

신성의 배쉬가 무력화된 고블린들의 몸을 가르며 지나갔다. 고블린들이 땅에 후두두 떨어졌다.

신성은 쓰러진 고블린들을 보지 않고 바로 고블린 전사를 향해 달려들었다.

고블린 전사는 당황하며 신성을 향해 도끼를 내려쳤다. 방금 전에 탱커 하나를 날려 버린 신성의 배쉬와 비슷한 계통의 스킬을 쓰려 했다.

"캐액!"

휘이이익!

다크엘프들이 단검을 던지자 고블린 전사는 다급히 그것을 튕겨내느라 스킬이 취소되었다. 뿐만 아니라 자세가 흔들리며 틈이 보였다.

신성은 결코 그 틈을 놓치지 않았다.

"마력 방출!"

신성의 드래곤 하트에서 모든 마력이 방출되었다. 검에 흐르기 시작한 마력은 거대한 믹서기가 되어 고블린 전사의 몸을 훑고 지나갔다.

CHAPTER 3
무게

"캐애애액!"

고블린 전사의 어깨부터 복부까지 터져 나갔다. 초보라고
는 생각할 수 없을 정도의 마력, 그리고 높은 스텟, [F-]랭크의
검에서 나오는 파괴력은 고블린 전사라고 해도 견뎌낼 수 없
는 수치였다.

고블린 전사가 휘청거리며 바닥에 무릎을 꿇었다. 숨이 턱
밑까지 차오른 신성은 숨을 헐떡이며 고블린 전사의 앞에 섰
다.

"키, 키엑!"

고블린 전사가 고개를 들며 간절한 눈으로 신성을 바라보았다. 누가 보더라도 목숨을 구걸하는 모습이다. 신성의 눈빛이 차가워졌다.

"캐……."

서걱!

전력을 다해 휘둘러 고블린 전사의 목을 베었다. 머리와 몸이 분해되며 고블린 전사가 땅에 쓰러졌다.

순간 정적이 찾아왔다. 고블린들의 움직임이 굳으며 크게 동요하기 시작했다.

"파티장님이 고블린 전사를 잡았다! 이제 오합지졸이다! 모두 쓸어버리자!"

"죽여 버리자!"

"개자식들! 죽어라!"

호라스가 무기를 치켜들며 그렇게 외치자 아르케디아인들의 사기가 급격히 올라갔다. 신성은 얼얼한 자신의 손을 바라보다가 다시 고블린들에게 시선을 돌렸다.

고블린들은 주춤거리며 물러나다가 도망치기 시작했다. 신성이 해야 할 일은 정해져 있었다.

"모두 쓸어버립시다."

신성이 그렇게 말하자 다크엘프들이 혀로 입술을 핥으며 은신했다. 그들은 추격의 달인이었다. 이제는 상황이 반전되어 고블린이 사냥감이 되었다. 하나하나가 경험치였기에 아르케디아인들은 고블린들을 절대 놔주지 않았다. 눈에 불을 켜며 달려들었다.

"이놈이 마지막입니다!"

"와아아! 이겼다!"

"하하하!"

마지막 고블린을 잡은 것을 끝으로 전투가 끝났다. 아르케디아인들은 모두가 기뻐하며 환호성을 질렀다.

신성은 깊은 숨을 내쉰 후 간신히 미소 지을 뿐이었다. 진정한 문제는 지금부터라는 것을 알고 있었기 때문이다.

'1차 웨이브는 끝난 것 같은데… 앞으로 두 번 남았군.'

이곳에서 전투가 일어난 것처럼 본대 역시 큰 전투를 치렀을 것이다. 문제는 2차 웨이브와 마지막 3차 웨이브였다. 2차 웨이브는 1차 웨이브보다 훨씬 많은 숫자가 쏟아져 나왔고, 정예 몬스터도 끼어 있었다.

'3차 웨이브는… 보스전이지.'

3차 웨이브는 보스급 몬스터가 출현하게 된다. 그 모든 몬스터를 잡아야만 마석에 차오르는 검은 기운이 사라지게 되는 것이다. 투명한 마석으로 변하면 자유롭게 안으로 들어갈 수 있었다.

에르소나 역시 잘 알고 있을 것이다. 신성은 그들의 상황이 여기보다 낫기를 바랐다.

아르케 넷으로 통신을 했으면 편했을 테지만 마석이 열리게 되면 그 근방은 마력장이 생기기 때문에 아르케 통신을 이용할 수 없었다. 그 말은 팔찌에 포함되어 있는 귓속말, 편지 같은 기능도 이용할 수 없다는 말이다.

'일단은……'

뒤에 물러나 있던 군인과 일반인들이 보였다. 대부분 부상이 심했는데 힐러들이 붙어 치료해 주니 상처가 빠르게 낫고 있었다. 아르케디아인이 아닌 일반인에게도 회복 마법이 통하고 있었다.

신성은 일반인들에게 다가갔다.

일반인들은 신성이 다가오자 살짝 긴장한 듯 얼굴을 굳혔다. 그들의 마음이 이해는 되었다. 초인적인 힘을 지닌 집단을 지휘한 사람이니 경계하는 것은 당연한 일이다. 그러나 그들은 자신들의 목숨을 구해준 것을 잊지 않았다.

"괜찮으십니까?"

"더, 덕분에 살았습니다."

"고마워요."

아이를 끌어안고 있는 여인과 그녀의 남편으로 보이는 남자가 신성의 말에 대답했다. 다른 이들도 하나둘씩 감사를 표하는 것을 잊지 않았다.

신성은 상처가 심한 군인에게 다가갔다. 팔이 덜렁거리는 중상이었는데 보통이라면 빨리 병원에 가서 접합해야 하는 상처였다. 그렇다고 하더라도 제대로 치료할 수 있다고 확답하기 어려울 정도의 상처였다.

그러나 그의 옆에서 두 명의 힐러가 붙어서 계속 힐을 주고 있었다. 하얀빛이 상처를 천천히 회복시키며 팔을 접합해 주고 있었다.

'회복 마법이 듣기는 하지만 아르케디아인들과는 다르군.'

아르케디아인들은 팔이 완전히 잘려 나가도 재생이 되지만 일반인에게는 그러한 재생이 힘들 것 같았다. 고위 랭크의 회복 마법이 아닌 이상에는 말이다.

신성은 군인의 군복을 보고 계급과 이름을 알 수 있었다.

"크윽! 가, 감사합니다."

"김진한 중사님, 대화를 나눌 수 있겠습니까?"

"예, 물론입니다."

팔이 어느 정도 붙자 고통에 혼절하지 않을 정도는 된 것 같았다.

"상부와 연락을 취해보고 싶습니다. 가능합니까?"

"크윽! 그, 그게… 그 끔찍한 크리스털에서 괴물들이 튀어나온 직후에 서서히 주변의 모든 전자 기기가 마비되었습니다. 핸드폰뿐만 아니라… 통신기까지 무용지물입니다."

"그렇군요. 알겠습니다."

신성은 핸드폰을 가지고 오지 않았기에 모르고 있던 사실이다.

마력장이 전자 기기에 여파를 미쳐 통신망이 마비된 모양이다. 이렇게 되면 본대와 지금 당장 연락을 취할 방법은 없었다. 군부대와 어떻게든 협조하여 정보를 받아볼 생각이었지만 그것도 불가능했다.

일단 어떻게든 본대와 합류해야 했다.

신성은 구슬땀을 흘리고 있는 힐러들을 바라보았다. 전투가 끝났음에도 제일 고생을 하고 있는 것은 힐러들이었다.

"죄송합니다. 힐러 분들은 조금만 더 힘을 빌려주세요."

"아, 아닙니다, 파티장님!"

"저희가 해야 할 일입니다."

"하하! 회복 마법도 꽤 쓸 만하죠?"

신성은 그들에게 감사를 표한 후 자리에서 일어났다.

'상황을 정리하는 것이 우선이다. 2차 웨이브까지 여유가 있을 거야.'

신성은 모두에게 휴식을 취할 것을 권하고 몇몇 파티원들에게는 이야기를 나누자고 하였다. 전투를 하다 보니 각 종족과 직업을 이끄는 리더가 자연스럽게 정해졌는데 전투가 끝나자 그들은 모두 신성 앞에 모였다.

"파티장님, 보고 드리겠습니다. 경상자 두 명, 중상자 일곱 명, 사망자는 없습니다."

호라스가 보고했다.

신성은 고개를 끄덕이고는 힐러 대표로 서 있는 이유리를 바라보았다. 그녀는 고블린 전사를 감정한 힐러였다. 아직 고등학생 정도로 보였지만 그럼에도 불구하고 힐러들은 그녀의 지시대로 움직였다.

그녀는 800레벨을 성취한 경험이 있는 하이 프리스트로 신성 마법의 대부분을 습득하고 있었다.

"회복시킬 수 있겠습니까?"

"예. 모두 큰 폭으로 레벨 업을 했고 스킬 포인트도 확보했어요. 바로는 아니지만 시간만 주시면 완전히 회복시킬 수 있을 거예요. 일반인들의 치료도 문제없습니다."

신성의 물음에 그녀는 침착하게 대답했다.

서른이 넘는 고블린, 그리고 고블린 전사를 잡은 경험치는 분명 대단할 것이다.

토벌 퀘스트에 참여할 경우 그 주변에 있는 모든 이와 경험치를 나눠 가졌기에 누구도 소외되지 않고 경험치가 큰 폭으로 올랐다.

신성은 아직 상태창을 보지 않았지만 모험가 팔찌를 들여다보며 웃고 있는 아르케디아인들을 볼 수 있었다. 방금 전

일어난 전투의 여운을 느끼며 무용담을 펼쳐놓거나 농담을
나누고 있었다.

"파티장님, 드롭된 아이템을 한곳으로 모아놨습니다."

보고를 해온 그녀는 다크엘프들의 리더 역할을 한 김수정
이다. 아이템의 분배 권한은 파티장에게 있었다. 누가 정한
것은 아니지만 그것은 아르케디아 온라인의 규칙 중 하나였
다.

그만큼 파티장은 대우를 받고 그에 걸맞은 책임을 져야 하
는 자리였다.

"하급 마정석은 코인으로 변화시킨 후 모두 공평하게 배분
하고 무기는 직업에 맞는 이들에게 우선권을, 보석류는 무기
를 얻지 못한 이들에게 나눠 줍시다."

"알겠습니다."

"좋은 생각이십니다."

"동의해요."

모두가 동의하자 신성은 고개를 끄덕였다.

마력 코인에 마정석 종류를 가져다 대면 코인으로 바꿀 수
있었다. 고급 마정석일수록 그 값어치가 커지기 때문에 코인
으로 환산하는 바보는 없었지만 하급 마정석은 코인으로 바
꾸는 편이었다.

게다가 지금은 아르케디아 온라인처럼 경제가 활성화되어

있지 않기 때문에 코인으로 바꾸는 것이 이득이었다.

"일단 정비부터 하도록 하지요. 휴식을 취하고 다음 방침을 정하도록 합시다."

다음 행동 방침을 정하기 전까지 각자의 몸 상태를 최고의 상태로 돌려놔야 했다. 2차 웨이브가 시작되면 분명 지금과는 비교도 되지 않을 상황에 놓일 것이기 때문이다.

신성은 일단 주변에 반파되어 있는 대형 마트를 주둔지로 삼았다. 아직 주변의 안전이 확보되지 않아 일반인들을 함부로 내보내지 않았다.

1차 몬스터 웨이브가 끝났다고 해서 안심할 수 없었다. 쏟아져 나온 물량은 상당히 많았으니 아직 주변에 고블린이 남아 있을 수도 있었다. 마석과 꽤나 떨어진 이곳까지 고블린들이 이동해 온 것을 보면 충분히 가능한 이야기였다.

고블린은 후각이 무척이나 뛰어난 몬스터였다. 인간의 냄새를 잘 맡았기에 그들이 만약 일반인을 발견한다면 일반인은 절대 도망칠 수 없었다.

신성의 지시로 마법 계열의 엘프들이 정령을 소환하여 마트 주변의 냄새를 지웠다. 스킬 랭크가 초기화되어 오랜 시간 유지는 못했지만 냄새 정도는 지울 수 있었다.

이 근방에서 가장 안전한 장소는 이곳일 것이다.

상황이 어느 정도 정리되자 신성은 팔찌를 바라보았다.

팔찌 위에는 많은 문구가 떠올라 있었다. 레벨 업을 포함한 알림 메시지였다.

신성이 팔찌에 손을 가져다 대자 메시지가 확대되며 눈앞에 떠올랐다.

[Level up!×4]

칭호 획득!
[F+] 50인의 지휘관
50인을 지휘하는 파티장에게 부여되는 칭호. 행운이 전체적으로 소량 오른다.
*[F+] 행운

스킬 획득!
[F-] 드래곤의 눈(0/10P)
드래곤의 황금빛 눈동자는 마력의 흐름을 꿰뚫어 보고 상대에게 두려움을 준다고 알려져 있다. 하급 마법이라면 보는 것만으로 술식을 파악할 수 있다.

*[F-] 드래곤 피어 : 자신보다 레벨이 낮은 몬스터에게 두려움을 주어 혼란, 절망, 전의 상실 등의 상태 이상을 부여한다.

고생을 한 보람이 있었다. 아르케디아인들이 치열한 전투를 벌이고 나서도 어째서 침울한 기색이 없었는지 알 수 있었다.

레벨이 5나 올랐고 새로운 스킬도 나왔다. 종족 별로 레벨이 오르면 스킬이 개화되는 경우가 있었다. 신성 역시 그에 해당했다. 드래곤의 눈이라는 스킬은 올려놓는다면 전투에 많은 도움이 될 것 같았다.

마력 흐름을 볼 수 있다는 것은 보스를 상대할 때 대단한 이득이다. 마법적인 공격을 미리 예측하고 대비할 수 있으니 말이다.

'칭호도 쓸 만하겠군.'

행운은 말 그대로 행운이었다. 아이템 드롭율도 오를 것이고 좋은 아이템이 나올 확률도 올라간다. 게다가 제작 같은 행위를 할 때에도 행운이 있다면 가끔 자신의 제작 랭크보다 높은 아이템이 만들어지기도 한다.

신성은 스텟 포인트와 스킬 포인트를 남김없이 투자했다. 지금 상황에서는 자신의 전력을 높이는 것이 우선이었다.

6Lv : (100/1000EXP)

이름 : 이신성

종족 : 드래고니안

성향 : 중용(80%)

칭호 : 해츨링, [F+] 50인의 지휘관

소속 : 없음

근력 : 20+(25 : 드래고니안의 뼈) : [F]

내구 : 15+(15 : 드래고니안의 피부) : [F]

민첩 : 20+(25 : 드래고니안의 근육) : [F]

보유 마력 : 10MP+(300 : 드래곤 하트) : [E]

*행운 : [F+]

종합 랭크 : [F+]

보유 스텟 포인트 : 0

보유 스킬 포인트 : 2P

보유 스킬

[S+] 용의 재능(MAX)

무언가를 익히고 정복할 수 있는 척도를 나타내는 재능.

고대 용신의 피를 이어받아 만능이라 부를 수 있는 재능을 지니고 있다. 직업에 따른 상극 기술을 익혀도 패널티를 부여받지 않는다.

[F-] 드래곤 하트

[0/30P]

신으로 나아가는 근원.

막대한 양의 마력을 지닌 드래곤의 심장이다.

결코 마력이 마르지 않을 정도로 마력을 빠르게 회복시켜 준다.

[F-] 드래고니안

드래고니안으로 재구성된 신체. 완전한 용으로 가는 열쇠이다. 등급이 높아질수록 재생력과 능력치가 상승한다.

*[F-] 드래곤의 피부[0/10P]

*[F] 드래곤의 뼈[0/20P]

*[F] 드래곤의 근육[0/20P]

[F] 세이프리 하급 검술[0/20P]

세이프리 아카데미에서 교육하는 하급 검술. 기본적인 형을 모두 포함하고 있어 기초를 다질 때 좋다. 상위 검술을 익혀 업데이트할 수 있다.

*[F] 배쉬 : 마력을 담은 검을 휘둘러 적을 타도한다.

*[F] 마력 방출 : 시전자의 마력을 방출한다.

스텟은 근력과 민첩 위주로 찍었고 스킬 포인트는 하급 검술과 드래곤의 뼈, 드래곤의 근육을 올렸다.

드래고니안 스킬을 올리니 스텟도 올라갔는데 한 랭크당 10씩 상승하는 것을 볼 수 있었다. 20이면 2레벨에 해당하는 스텟이니 사기라고 해도 할 말이 없을 것이다.

휘이이이!

신성의 주변에서 빛이 터져 나왔다. 환한 빛은 주변을 맴돌다가 신성의 몸에 천천히 깃들었다. 포인트를 투자하고 나면 이렇게 빛이 스며들며 몸에 적용되었다.

적용되기까지는 조금 시간이 걸렸고, 적용하는 동안은 전투를 할 수 없었기에 안전지대에서 포인트를 투자해야 했다.

'좋은 느낌이야.'

어느 정도 기다리자 빛이 사라졌다. 한층 강해진 느낌이 들었다. 꽤나 묵직한 무게로 다가오던 검이 깃털처럼 가볍게 느껴졌다. 아르케디아 온라인에서와는 다른 짜릿한 느낌이다.

"이제 교대하자."

"오케이. 수고했어. 저기 가서 라면이나 먹어라."

"오, 공짜야?"

"뭐… 그렇겠지?"

"하하, 군대 생각나네!"

마트 입구와 주변에서 보초를 서는 아르케디아인들의 대화이다. 마트에는 많은 음식이 있어서 모든 이가 충분히 먹을 수 있었다.

신성에게 힐러인 이유리가 다가왔다. 그녀는 큰 스태프를 등에 메고 있었는데 고블린이 드롭한 무기였다. 나무 몽둥이 같은 외관이지만 성능은 그럭저럭 좋았다.

묘인족 특유의 귀여운 외모였는데 몸보다 큰 스태프를 메고 있어 더욱 귀여운 느낌이 들었다. 현실에서는 결코 찾아볼 수 없는 귀여움이다.

"저, 파티장님, 저녁 드세요."

"정찰조가 돌아오면 같이 먹도록 하겠습니다."

신성은 민첩 스텟이 높은 다크엘프와 엘프, 그리고 묘인족들을 특수조로 만들어 정찰을 보냈다. 엘프들의 대부분이 탐지 스킬을 가지고 있었기에 몬스터가 숨어 있더라도 발견할 수 있었다.

그들이 탐지 스킬을 활용한다면 충분히 맵핑을 할 수 있을 것이다. 맵핑은 아르케디아 온라인에서 통용되는 용어로 맵을 완전히 파악하게 되면 그곳에 있는 적이라든지 아군에 대한 정보를 팔찌를 통해서 볼 수 있었다. 물론 은신 스킬을 지닌 자들에 대한 정보는 보이지 않는다.

신성은 팔찌를 바라보았다. 팔찌에 홀로그램 형식으로 맵이 떠올라 있었지만 대부분이 안개에 가려진 것처럼 흐렸다. 아직 맵핑이 제대로 되지 않아서였다.

그런 것조차도 게임의 시스템과 똑같았다. 이곳은 서울이지만 아르케디아 온라인에서 나오는 필드였다.

"너무 무리하지 마세요."

이유리가 신성을 걱정스럽게 바라보며 그렇게 말했다.

신성에게 파티장이라는 직책은 너무나 무거웠다. 오십 명의 아르케디아인, 그리고 열다섯 일반인의 목숨을 책임져야 하는 자리였다. 그의 판단 하나에 모두의 목숨이 오고 갔다. 드래고니안으로 종족이 바뀌지 않았다면 몸을 덜덜 떨었을지도 모른다.

"후우, 파티장님, 언제쯤 일상으로 돌아갈 수 있을까요?"

"일단 마석이 닫혀야겠지요."

"다른 마석들도 등장할까요?"

"아마도… 이번 마석을 닫지 않으면 더 빠르게 나타나겠지요. 하지만 마석을 닫고 부활석을 설치한다면 죽는 사람도 줄어들 것이고 지금보다는 상황이 나을 겁니다."

"죽었다 살아나는 거… 게임에서는 당연한 것이었지만 현실에서 들으니 이상해요."

이유리는 복잡한 표정이었다. 그녀의 머리 위에서 쫑긋거리던 귀가 축 처졌다.

티는 나지 않았지만 신성 역시 마음이 복잡했다. 신성은 뒤를 바라보았다. 마트 안에 옹기종기 모여 라면이나 즉석 밥을 먹고 있다.

일반인도 함께했는데 부모와 헤어진 어린아이를 끌어안으며 달래주는 엘프가 보인다.

일반인은 처음에는 수인족들을 두려워했지만 지금은 아니었다. 이제는 농담을 나눌 수 있는 사이가 되었다.

모닥불 주위로 옹기종기 모여 앉아 이야기를 나누고 있는 모습도 보인다. 마석이 내뿜는 마력장의 영향으로 모든 전자 기기가 마비되었기에 모닥불을 피울 수밖에 없었다. 해가 진 마트 밖은 어둠 그 자체였다. 마력장의 영향을 받는 지역은 불이 하나도 들어오지 않았다.

두려울 법도 했지만 분위기는 밝았다. 마치 캠프라도 온 것 같은 분위기다.

"그거 아세요? 엘프로 변한 아르케디아인은 이제 고기를 싫어해요. 과일이나 채소만 먹어도 배가 부르대요."

"완전 엘프가 다 되었군요."

"그렇죠?"

이유리의 말에 신성은 피식 웃었다.

육체가 영향을 미치는 것은 이미 모두가 알고 있는 사실이다. 신성이 웃자 이유리의 표정이 멍해졌다.

신성의 압도적인 외모에 미소가 걸리자 그 파괴력은 너무나 대단했다. 본인은 그저 엘프들과 같이 외관이 좋아진 것에 불과하다고 생각했지만 그 매력은 이해 범주를 넘어서고 있었다.

"정지! 정지! 누구냐?!"

"정찰조."

앞에서 느껴지는 목소리에 신성은 고개를 돌렸다. 어둠 속에서 다크엘프가 나타났다. 그리고 잠시 뒤 엘프들과 묘인족이 건물 위에서 떨어져 내리며 착지했다.

정찰조가 복귀한 것이다. 정찰조는 신성의 앞으로 다가왔다. 다크엘프이자 정찰조의 리더인 김수정이 신성에게 보고하기 시작했다.

"파티장님, 주변 정찰을 끝마쳤습니다. 더 갈 수 있었으나 마석의 영향으로 어둠이 짙어져 위험하다고 판단했습니다. 그리고……."

정찰조가 가지고 온 것은 고블린의 시체였다. 몬스터가 죽은 후에 마력 도축 스킬을 이용하면 시체가 사라지는 것을 막을 수 있었다. 다크엘프 중에 마력 도축 스킬을 지닌 자가 있던 모양이다.

신성의 생각대로 아직 고블린들이 도시에 잔존해 있었다. 고블린의 덩치는 꽤나 컸는데 고블린 전사에는 미치지 못하나 일반적인 고블린이라고는 생각할 수 없을 정도였다.

"일반 고블린이군요."

"네, 그렇습니다. 고블린들이 레벨 업을 한 것 같습니다."

"그 말은……."

"죄송합니다. 저희가 도착했을 때는 이미 사람들이 먹히고
난 다음이었습니다."

김수정의 얼굴에 슬픈 기색이 가득했다. 신성 역시 얼굴이
일그러졌다. 고블린의 입에 살점이 가득했다.

"총 두 마리였습니다. 맵핑 결과 소수의 고블린이 근방에
있는 것으로 파악됩니다. 그리고 일반인들도… 일단 맵 정보
를 받으시지요."

김수정이 팔찌를 내밀었다. 신성이 자신의 팔찌를 가져다
대자 맵의 정보가 흘러들어 왔다.

주변의 꽤나 넓은 반경이 자세하게 떠올랐다. 몬스터가 있
을 것으로 의심되는 건물과 아군이 있을 것으로 추정되는 곳
은 모두 느낌표나 물음표가 새겨져 있었다. 마석이 있는 곳도
어렴풋이 보였는데 이곳과는 상당히 떨어져 있었다.

"우리의 위치는 본대와 꽤 떨어져 있군요."

"예. 그러나 마석의 위치가 확인되었으니 그리로 간다면 합
류할 수 있을 것입니다."

"알겠습니다. 고생하셨습니다."

김수정은 살짝 고개를 숙였다. 다크엘프의 우아한 몸짓이
그녀와 무척이나 잘 어울렸다. 성격 역시 다크엘프를 닮아가
는지 냉정한 분위기가 흘렀다.

신성은 맵을 바라보며 고민에 빠졌다. 일반인들이 있을 것이라 추측되는 건물이 가까운 곳에 있었다.

'그 주변에 고블린도 있을 거야. 놈들은 자신들이 강해지는 방법을 알고 있어.'

냉정하게 생각하면 일반인들을 내버려 두는 것이 옳은 선택이었다. 움직이더라도 날이 밝은 후에 움직이는 것이 좋았다. 고블린들은 밤에 더 강해졌다.

김수정을 포함한 정찰조도 일반인들이 마음에 걸리는 모양이다.

김수정이 신성 앞으로 한 걸음 더 다가오며 그를 바라보았다.

"파티장님, 그들을 내버려 둘 수 없습니다."

"하지만 벌집을 쑤시는 꼴이 될 수도 있습니다. 게다가 이 이상 사람이 늘어나게 된다면……."

김수정이 그렇게 말하자 옆에서 지켜보고 있던 탱커 하나가 그렇게 말했다. 신성의 옆에 있던 이유리가 탱커의 말에 눈썹을 찡그렸다.

"우리가 왜 여기에 왔는지 아시잖아요. 사람들을 구하러 온 거예요. 고블린에게 먹힐지도 모르는 사람들을 내버려 두자구요?"

"그러나 우리가 지금 구한 사람들마저 위험해질 수 있어요.

레벨 업을 했다고는 하나 전체적인 레벨은 고블린보다 아직 낮습니다."

"그건 그렇지만……."

냉정한 탱커의 말에 이유리는 입술을 깨물었다. 김수정을 포함한 정찰조도 그것을 알기에 말을 덧붙이지는 못했다.

농담이 오가던 분위기가 순식간에 조용해졌다. 아르케디아 인들이 자리에서 일어나 신성을 바라보고 있다. 그들은 신성을 믿고 있었다. 무슨 결정을 하더라도 따르겠다는 눈빛이다.

이것은 신성이 결정해야 하는 일이었다.

'무겁다.'

어깨가 짓눌리는 느낌이다. 공기가 마치 쇠를 섞은 것처럼 무겁게 느껴졌다. 예전이었다면 대답을 회피하고 다수결로 하든지 결정을 내렸을 것이다. 하지만 최상위 종족이라는 드래고니안이 되어서일까?

자존심이라는 것이 자신을 붙잡고 있었다.

도망쳐서는 안 된다는 그런 강한 프라이드가 그를 일으켜 세웠다. 책임에서 회피해서는 안 된다. 그런 파티장이 있다면 이 파티는 전멸할 것이다.

신성은 그것을 알고 있었다.

자신이 맡은 파티가 전멸한다면 그것만 한 치욕도 드물 것 이다.

'우리는……'

마석을 닫기 위해 왔다. 냉정하게 생각한다면 차라리 일반인들을 버리고 에르소나가 이끄는 부대로 합류하는 것이 최선일 것이다.

본대와 합류한다면 그만큼 아르케디아인들이 살아남을 수 있는 확률이 높아진다. 게다가 에르소나 쪽에 있는 편이 경험치를 얻는 면에서는 훨씬 유리할 것이다.

그러나 항상 냉정할 수는 없었다. 계산만으로는 이 세상을 살아갈 수 없었다. 계산만으로 모든 것을 판단한다면 에르소나와 똑같을 것이다. 그녀는 현명한 지휘관이었지만 좋은 사람은 아니었다.

자신 역시 그리 좋은 사람은 아니라 생각하고 있었지만 에르소나만큼 냉정해질 수는 없었다. 어쩌면 사람의 마음, 따듯한 정이라는 것에 굶주려 있는지도 몰랐다.

그는 늘 혼자였으니 말이다.

'고블린 따위가 날뛰게 놔둘 수는 없어.'

그저 최하급 몬스터일 뿐이다. 그런 놈들이 사람들을 먹게 그냥 둘 수 없었다.

마석 주변에는 아르케디아인들의 본대가 있을 것이다.

에르소나가 있으니 고블린을 막는 대책을 세우는 것에 몰두하고 있을 것이다. 아르케디아인들의 안전을 우선시하며 세우는 작전에는 일반인 구출 작전은 제외되어 있을 확률이 컸다. 미처 피난하지 못한 일반인을 구하느라 전력이 분산되는 것을 원하지 않을 것이다.

'루나……'

여신 루나가 자신과 50인을 따로 보낸 이유가 있을지도 모른다고 생각이 들었다. 그녀는 자애와 자비, 그리고 희망을 상징하는 여신이다.

태양처럼 맹렬히 타오를 수는 없어도 어둠을 위로하는 달빛이었다.

시험받는 것 같은 느낌에 기분이 나빴지만 신성은 그녀가 결코 악한 존재가 아님을 알고 있었다. 아르케디아 설정에서도 가장 선하며 친근한 존재였다.

"최우선은 이곳의 안전입니다."

신성의 나지막한 말이 울려 퍼지자 이유리의 표정이 어두워졌다.

구하지 않겠다는 말인 것 같아서였다. 많은 아르케디아인 역시 그러했다. 자신의 힘이 없음을 한탄하며 긴 숨을 내뱉는 자들도 있었다. 현실적인 선택임을 알고 있었기 때문에 반발은 없었다.

잠시의 침묵 뒤에 신성이 말을 이었다.

"이곳을 안전하게 지키면서 밤이 끝날 때까지 서울 외곽으로 빠지는 안전한 루트를 탐색할 것입니다. 그동안 최대한 많은 일반인을 구해 마트로 데려와야 할 것입니다."

"그 말씀은……."

이유리가 신성을 바라보았다. 그녀의 눈에는 눈물이 고여 있었다. 김수정도 잠시 멍한 눈으로 그를 바라보다가 살짝 미소 지었다.

위험을 자처하는 꼴이었지만 웨이브가 시작된 이상 안전한 장소는 없었다. 그저 고블린과의 전투가 아닌, 사람들을 구한다는 것은 아르케디아인들의 마음에 강한 의지를 심어주었다.

그것은 신성조차 예상하지 못한 일이었다.

"지금부터 구출대를 편성합니다. 레벨과 아이템 위주로 선별하여 뽑겠습니다. 안전한 퇴각로를 탐색하는 인원 역시 선발할 것입니다."

신성은 구출대를 편성하기 시작했다. 최우선은 이곳의 안전이었기에 많은 수를 꾸릴 수는 없었다. 과반수 이상은 항시 마트 안에 대기하도록 하고 정찰조를 포함한 구조대, 퇴각로 확보조를 꾸렸다. 직업의 구성을 다양하게 해서 가능한 효율적인 전투를 위하는 것도 잊지 않았다.

"호라스 님, 이곳의 지휘를 부탁드립니다."

"맡겨주십시오! 철통 방어 하겠습니다! 퇴각로 역시 걱정하지 마십시오!"

신성은 호라스에게 마트의 지휘를 맡겼다.

불빛이 새어 나가지 않게 마트의 문을 닫고 냄새마저 지웠으니 고블린이 찾아낼 확률은 적었다. 게다가 보초들이 고블린 정찰병을 발견하는 즉시 없애 버릴 것이니 더더욱 그랬다.

신성은 직접 구출대를 이끌고 마트 밖으로 나갈 생각이다. 위험한 일인 만큼 모든 판단을 직접 현장에서 해야 했다. 게다가 신성의 무력은 여기 있는 그 누구보다 높았다. 가장 큰 전력이니 전투에 꼭 필요했다.

큰 체구의 호라스가 김수정 앞에 섰다.

"김수정 님, 파티장님의 안전을 부탁드립니다. 파티장님이 잘못되면 모두가 위험해집니다."

"걱정 마세요. 목숨을 걸겠습니다."

호라스의 말에 김수정은 고개를 끄덕이며 그렇게 말했다. 정령의 힘을 잃은 다크엘프는 밤이 되면 그 진가가 드러난다. 정령의 힘 대신 얻은 그림자의 힘이 더욱 강해졌다.

푸른빛을 내는 눈동자는 어둠을 꿰뚫어 볼 수 있고 어둠 속에 스며드는 힘을 주었다. 밤이 되면 은신 스킬의 랭크가 더욱 높아졌다. 암살과 정찰에 있어서는 엘프들을 압도했다. 민첩하다는 묘인족 역시 그들을 따라잡을 수 없을 것이다.

신성은 구출대를 바라보았다. 열에 달하는 구출대원들 역시 자신을 바라보고 있었다. 밤눈이 밝은 묘인족 이유리 역시 구출대에 포함되어 있었다. 그녀의 눈동자에는 모두 구하겠다는 의지가 가득했다. 두려울 법한데도 강한 의지를 보여주는 것은 역시 묘인족다운 모습이다.

아르케디아 온라인의 설정에서 수인족은 강한 의지의 상징이었다. 그들의 의지는 그 어떤 유혹에도 꺾이지 않는 강인함을 보여주었다.

그 강인함이 현실로 나타나 그대로 투영되었다.

'나 역시 변한 것처럼.'

긍정적인 부분으로 받아들이면 될 것이다. 게임을 경험했으나 몬스터와 싸운다는 것은 평범한 인간의 정신으로는 이룰 수 없는 일이기 때문이다.

신성이 마트의 입구로 걸어가자 아르케디아인들이 뒤를 따랐다. 일반인들도 뒤따라와 신성과 구출대원들을 배웅했다. 자신들을 위해 목숨을 걸고 있는 아르케디아인들을 위한 최고의 예의였다. 말은 하지 않았지만 그들의 마음이 느껴졌다.

끼이익!

보초가 굳게 닫혀 있는 문을 열어주었다. 짙게 깔린 어둠이 보인다. 마석이 내뿜는 마력장의 영향으로 하늘의 달빛은 보이지 않았다. 여신 루나의 눈도 이제는 닿을 수 없게 되었을 것이다.

"부디 무사하십시오!"

"여기는 저희가 꼭 지켜내겠습니다!"

"맛있는 요리를 해놓고 기다리겠습니다! 요리 랭크가 올랐거든요! 하핫!"

보초들이 그렇게 말하며 살짝 목례를 했다. 뒤를 바라보니 엘프의 품에 안겨서 손을 흔들고 있는 어린아이가 보인다. 호라스는 신성과 눈이 마주치자 고개를 끄덕였고 신성 역시 고개를 끄덕였다.

신성과 구출대원들이 밖으로 모두 나오자 다시 마트의 문이 닫혔다. 빈틈없이 막아놓았기에 모닥불의 빛은 전혀 보이지 않았다. 여름으로 가는 시점임에도 불구하고 싸늘한 추위가 느껴졌다.

그야말로 음산한 기운이 도는 밤이었다.

신성은 맵을 펼쳤다. 그러자 팔찌에서 맵이 홀로그램 형식으로 튀어나오며 현재 자신의 위치가 표시되었다. 주변에 대한 맵핑이 끝났기에 비교적 정확히 지형을 파악할 수 있었다. 신성은 일반인이 모여 있는 건물을 바라보았다. 그 근방에 고블린들이 있는 것으로 파악되고 있었다. 놈들이 인간의 냄새를 맡은 것이 분명했다.

고블린들은 인간 사냥을 하고 있었다.

"가장 먼저 태영빌딩으로 갑니다. 맵에 체크하세요."

신성이 그렇게 말하자 모두가 맵을 펼치며 태영빌딩을 마킹했다. 고개를 드니 저 멀리 푸르스름한 기둥이 솟구치고 있었다. 목적지를 마킹하면 이렇게 멀리서도 목적지를 볼 수 있었다. 이런 짙은 어둠에서는 필수였다.

"그럼 선두에 서겠습니다."

김수정이 그렇게 말하며 앞서 나가기 시작했다. 다크엘프로 이루어진 정찰조는 가장 먼저 앞서가며 주변의 몬스터를 체크할 것이다. 맵핑을 하고 난 후 같은 파티에 있다면 그녀가 정찰한 결과물을 맵에서 바로 확인할 수 있었다. 지금은 토벌 퀘스트 중이니 자동적으로 파티가 성립되고 있었다.

'날렵하군.'

정찰조는 너무나 쉽게 건물을 타고 올랐다. 순식간에 건물의 틈을 박차고 건물 위로 올라간 것이다. 고블린의 감각에 걸리는 것을 피하려면 높은 곳을 이용하는 것이 좋았다.

"이동하도록 하지요. 장비가 무거운 탱커 분들은 일단 무거운 장비는 인벤토리에 넣고 이동하도록 합니다. 그 편이 움직이기 편할 겁니다."

무게가 상당한 방패를 인벤토리에 넣고 이동한다면 탱커들도 꽤 민첩하게 움직일 수 있을 것이다. 신성의 말에 탱커들이 무거운 장비를 인벤토리에 넣었다.

신성은 건물의 난간을 바라보며 빠르게 도약했다. 살짝 튀어나온 벽을 밟고 그대로 점프해 간판을 밟았다. 힘껏 도약해 3층 건물의 옥상으로 올라섰다. 신성이 옥상에 도착하자 아르케디아인들이 연이어 올라왔다.

역시 평범한 육체와는 거리가 먼 이들이다. 힐러인 이유리도 묘인족이었기에 상당히 민첩한 몸놀림을 보여주었다.

스텟 자체는 신성이 제일 높았기에 다크엘프의 움직임에 비해서도 전혀 부족함이 없었다.

"으앗!"

난간에 착지한 이유리가 미끄러지며 넘어질 뻔한 것을 신성이 손을 뻗어 잡아주었다.

"가, 감사합니다. 저, 전력으로 뛰어본 적이 없어서……."

놀랐는지 그녀의 꼬리가 쭈뼛 서 있다. 머리카락까지 서 있는 모습을 보니 딱 겁먹은 고양이를 떠올리게 했다. 신성은 살짝 웃으며 그녀를 바라보았다.

"괜찮습니다. 최대한 안전하게 이동하도록 하지요."

"네, 넷!"

신성은 맵을 바라보며 모두를 이끌었다. 정찰조가 맵을 실시간으로 업데이트해 주었기에 최적의 선택을 할 수 있었다.

신성은 건물과 건물을 뛰어넘으며 빠르게 이동했다. 마치 영화 속 주인공이 된 것 같은 기분이 들었지만 그의 그런 감상은 오래가지 않았다.

신성이 있는 곳보다 높은 곳에 있던 김수정이 손을 들었다. 신성이 팔찌를 바라보자 고블린의 위치가 표시되었다.

"전방 승용차 옆에 고블린."

활을 들고 있는 엘프가 신성에게 먼저 보고했다. 상당히 거리가 있는 곳이다. 승용차 앞을 서성이고 있는 것을 보니 안에 있는 누군가의 냄새를 맡은 것 같았다.

짙은 어둠에 파묻혀 있었기 때문에 김수정의 눈으로도 자동차 안은 보이지 않았다.

김수정이 신성에게 수신호를 보내왔다. 살짝 빛이 나는 손가락이 옆으로 누워 있는 숫자 9 모양을 그렸다. 그것은 호루라기를 나타내는 신호였고, 저 고블린이 시끄러운 소리를 뿜어내는 장비를 착용하고 있음을 나타냈다.

'8레벨의 고블린 정찰병이군.'

체력은 낮지만 일반 고블린보다 날렵했다. 무언가 발견하거나 공격을 당하게 되면 커다란 뿔피리를 불어 주변의 몬스터들을 몰려들게 했다.

눈과 귀가 밝고 은신을 간파하는 스킬을 지니고 있었다. 고블린보다 레벨이 높으면 모르지만 현재로써는 다크엘프들이 접근해서 암살하는 것은 불가능했다.

"원거리 사격 가능합니까?"

"네, 이 정도 거리라면 가능합니다."

"다른 분들은?"

"스킬 랭크 업을 해놔서 가능할 겁니다."

다른 엘프들도 등에 메고 있던 활을 꺼내며 말했다.

"마법은 걸지 않습니다. 물리 대미지로만 한 번에 끝냅시다. 8레벨이지만 천 방어구를 입고 있습니다. 세 방을 모두 급소에 맞춘다면 즉사할 겁니다."

아르케디아 온라인에서 마법은 제일 이펙트가 화려했다. 이런 칠흑 같은 밤에는 너무나 눈에 잘 띄었다. 최대한 은밀하게 처리하는 것이 좋았다.

엘프들이 활시위를 팽팽하게 당겼다. 3차 직업 각성 퀘스트까지 끝낸 엘프들이기에 스킬 보정을 받고 있었다. 때문에 랭크가 초기화되기는 했어도 원거리 사격의 기본 대미지는 뛰어났다.

긴장감이 흘렀다. 잘못 쏘게 되면 일반인에게 피해가 갈 수 있다는 압박감이 엘프들의 마음을 조여 왔다.

"제가 말하면 쏘십시오."

"네, 아, 알겠습니다."

"예."

엘프들이 신성의 명령을 기다렸다. 신성은 고블린을 자세히 바라보았다. 황금빛을 머금은 드래곤의 눈동자 앞에서 어둠 따위는 장애물이 아니었다. 게다가 시력도 대단히 좋아 김수정보다 뚜렷하게 고블린의 모습을 볼 수 있었다.

'사람이 안에 있다.'

차 안의 사람 형상이 희미하게 보였다. 고블린이 서성이다가 차 앞에 바로 멈춰 선 순간이다.

"발사."

신성의 조용한 말에 엘프들의 활에서 화살이 차례대로 떠나갔다. 긴 포물선을 그리며 날아간 첫 화살이 고블린의 눈에 박혔다.

퍽! 퍽!

고블린이 입을 벌리며 비명을 지르려 할 때 연이어 날아온 화살이 목과 가슴에 박히며 그대로 고블린을 차에 박아버렸다.

침묵이 흘렀다. 멀리서 지켜보던 김수정은 안도의 한숨을 내쉬었고, 신성은 고개를 끄덕였다. 엘프들은 얼떨떨한 표정을 지었다가 간신히 웃어 보였다.

"마, 맞은 건가요?"

"네, 적중했습니다."

이유리가 묻자 신성이 답해주었다. 이유리는 힘이 빠지는지 어깨를 축 늘어뜨렸다. 신성이 손을 뻗자 정찰조가 먼저 움직이며 승용차 쪽으로 다가갔다. 신성 역시 뒤를 따랐다. 주변에서 고블린은 발견되지 않았다.

승용차를 지나쳐 가는 것이 가장 빠른 지름길이었다. 승용차에 만약 사람이 남아 있다면 마트와도 가까우니 데려다 주면 될 것이다.

조심스럽게 승용차를 확인한 김수정의 표정이 굳었다. 신성이 다가가자 그녀는 옆으로 빠지며 주변을 살폈다.

"아……!"

"이런!"

"…빌어먹을."

승용차 안을 본 아르케디아인들의 입에서 거친 말들이 나왔다. 승용차 안에는 아직 어려 보이는 소녀와 소녀의 아버지로 보이는 남자가 꼭 끌어안고 있었는데 얼굴이 시퍼렇게 변해 죽어 있었다.

"히, 힐링을 하면……."

이유리의 말에 신성은 그녀의 어깨를 잡으며 고개를 저었다. 이미 죽은 지 오래되었다.

그녀의 쫑긋하던 고양이 귀가 축 처졌다.

이유리는 손을 덜덜 떨면서도 신성을 바라보며 입을 떼었다.

"살펴볼게요. 상태 조사를 하면 무언가 알아낼 수 있을 거예요."

"괜찮겠습니까?"

"네. 제가 해야 할 일이니까요."

힐러 계열 스킬 중에는 상태 조사라는 스킬이 있었다. 대상자의 모든 상태 이상을 알아낼 수 있는 스킬인데 시체에도 적용되었다. 신성이 조용히 검을 뽑아 차 문을 갈랐다. 옆에 있던 탱커들이 갈라진 차 문을 조심스럽게 들어냈다.

안에서 탁한 공기가 흘러나왔다. 이유리는 조심스럽게 차 안으로 다가가 손을 시체에 대었다.

"루나의 신성한 힘으로! 상태 조사!"

은은한 빛이 시체에 스며들었다. 차 밖으로는 보이지 않을 정도로 작은 빛이다. 이유리는 떨리는 손을 다시 팔찌에 가져가며 조사한 정보를 공유했다.

상태

[-] 0Lv : 시민

죽음 : 관통상, 출혈, 독

*고블린의 독칼, 고블린의 독침

[-] 0Lv : 시민

죽음 : 독

*고블린의 독침

사인은 고블린의 독침이었다. 독침을 맞은 후 가까스로 차까지 왔지만 독이 퍼지면서 죽은 것으로 보였다.

자동차의 시동을 걸려고 했으나 마석이 내뿜는 마력장의 여파로 자동차를 움직이지 못했을 것이다.

'독침인가.'

독침을 쓸 수 있다는 것은 주변에 주둔지를 꾸렸다는 말이다. 주둔지를 꾸리게 되면 고블린들은 스스로 여러 가지 아이템을 만들게 되는데 독침은 그것들 중의 하나였다.

주변에서 발견되는 고블린의 숫자를 볼 때 결코 많은 수는 아닐 것이다. 하나 적어도 네 마리 이상은 되어야 주둔지가 생성되는 것으로 보면 충분히 조심해야 했다.

'아르케디아 온라인에서 몬스터의 번식은 상당히 빨라. 특히 고블린은.'

만약 주둔지에 암컷 고블린이 있다면 일주일이 지나지 않아 고블린들의 생산이 시작될 것이다.

아르케디아 온라인이라면 그냥 놔둬도 상관없었지만 이곳은 달랐다. 마을을 지키는 경비병도 없고 필드를 돌아다니는 모험가도 없었다.

고블린들이 빠르게 번식하는 데는 에너지를 공급할 많은 음식이 필요했다. 에르소나 온라인에서는 주변의 필드 몬스터를 사냥하여 충당했지만 이곳에서는 인간들이 그 역할을 할 것이다. 나약한 데다 경험치도 주니 이보다 더 좋은 먹잇감은 찾아보기 힘들 것이다.

'에르소나 쪽에서 더 이상 놓치지 않았으면 좋겠군.'

신성이 그렇게 생각하고 있을 때 엘프 하나가 다가왔다.

"시체를 수습하겠습니다. 흙으로 돌려보내는 것이지만… 가능할 것 같아요. 시신을 고블린들이 먹게 놔둘 수는 없으니까요."

신성이 고개를 끄덕이며 물러나자 엘프가 시신을 향해 손을 뻗었다.

"대지의 신 엘브라스의 이름으로……."

시신의 몸에서 풀이 돋아나기 시작했다. 온몸에서 순식간에 돋아난 풀이 시신의 모습이 보이지 않을 정도로 우거졌다. 그리고 잠시 뒤 하얀 꽃이 봉우리를 폈다.

"이 꽃은 엘브라스의 하얀 꽃이군요."

신성은 그것을 알아보았다. 엘프들의 고향인 엘브라스의 상징이다. 마력을 머금게 되면 밤에 빛을 내어 이정표로도 쓸 수 있었다. 포션을 제조하는 재료로 쓰이기도 했다.

엘프는 고개를 끄덕이며 입을 떼었다.

"아르케디아 온라인의 설정에서는 육체는 대지의 신 엘브라스에게, 그리고 그 혼은 달의 신 루나에게 간다고 되어 있지요. 그것이 현실이 되었다면… 이분들도 달의 품에서 안식을 얻을 수 있을 거예요."

"그림자와 침묵의 신 다엘의 품이 더 낫지 않겠습니까?"

엘프의 말을 듣고 있던 다크엘프가 다가오며 그렇게 말했
다. 다크엘프와 엘프는 모시는 신이 달랐다. 그림자와 침묵의
신 다엘과 대지의 신 엘브라스가 앙숙이기 때문인지 다크엘
프와 엘프는 그리 좋은 관계가 아니었다.

그런 것에 영향을 받는지 지금도 다크엘프와 엘프는 서로
서먹서먹했다.

"죽음의 침묵을 상징하는 다엘은 어울리지 않을 것 같네
요."

"그렇습니까? 파티장님은 어떻게 생각하십니까?"

엘프와 다크엘프가 신성을 바라보았다. 하얀 꽃을 바라보
고 있던 신성은 자신에게 향하는 물음에 살짝 당황했다.

신성이 당황한 표정을 짓자 엘프와 다크엘프가 살짝 웃었
다.

"파티장님이 당황하실 때도 있군요."

"당연히 저도 사람인지라……."

"그런 모습이 더 매력적입니다."

"그렇습니까?"

분위기가 많이 풀렸다. 그들은 신성의 굳은 표정을 보고 그
것을 풀어주기 위해 말을 건 것이었다. 엘프 종족다운 세심

한 배려였다.

그들 스스로도 자신의 변화가 싫지 않았다. 보이지 않던 것이 보이게 되었고 더욱더 성숙한 사고가 가능해졌기 때문이다. 그것은 마치 잃은 신체의 한 부분을 찾은 것 같은 느낌이었다.

신성은 목적지를 바라보았다.

"목적지가 멀지 않았습니다. 계속 나아가도록 하지요. 이 근방에 고블린 주둔지가 있을 수도 있으니 최대한 기척을 죽이도록 합니다."

목적지가 가까이 보였다. 신성은 은밀하게 이동하며 목적지를 향해 다가갔다.

빌딩 주변에 버려진 장갑차와 전차가 보인다.

바리게이트가 쳐져 있었지만 반쯤 부서져 있었다. 퇴각하다가 장비들을 버리고 간 흔적이 대부분이었다. 도시 곳곳에서 타오르는 불이 보인다. 마력장에 의해 터져 나간 전자 장비들이 불을 옮겨 붙게 한 것이다.

마석을 빨리 닫지 않으면 서울의 모든 곳이 저런 꼴이 날 것이 분명했다.

건물과 건물을 넘으며 빌딩이 완전히 보이는 곳에 도착했다. 앞서 간 정찰조가 복귀하며 신성의 옆에 섰다.

"별다른 이상은 없습니다. 빌딩 안으로 들어가도 괜찮을 것 같습니다."

김수정의 보고에 신성은 고개를 끄덕였다. 빌딩 안에 생존자가 감지되었으니 들어가야 했다. 인간의 냄새를 맡은 고블린이 안 보인다는 것이 의아했지만 이곳을 발견하지 못한 것일 수도 있었다.

"진입합니다."

신성과 모두가 빌딩의 앞에 섰다.

태영빌딩은 태영그룹의 건물로 유려한 미관을 자랑했다. 한국에서 손가락 안에 드는 대기업에 걸맞은 빌딩이다. 평소라면 감히 접근하는 것도 불가능할 테지만 지금은 그저 버려진 건물에 불과했다.

부의 상징이던 빌딩은 어둠에 가려져 있었다.

"으스스하네요. 이곳에서 일하는 것이 제 꿈이었는데……."

"확실히 입사하기가 대단히 힘들다고 들었습니다."

이유리와 김수정이 빌딩을 바라보며 그렇게 말했다. 그녀들도 장래의 취직이 고민거리인 나이 대였다. 신성 역시 그러했지만 취직 걱정을 하기에는 살짝 늦은 감이 있었다. 지금은 외관상 대단히 젊어 보이지만 말이다.

신성도 예전 취업 걱정을 하며 스펙 쌓기에 열중하던 때가 생각났다.

'게임으로 어떻게든 하루하루 먹고는 살았지. 그곳이 유일

한 도피처이기도 했고.'

월세를 꼬박꼬박 내면서 그래도 살 만은 했다. 괜히 전 월
드 랭킹 1위가 아니었다. 용신을 잡기 위해 아이템에 투자하
지 않았더라면 자금 상황이 지금보다는 훨씬 나았을 것이다.
그 때문에 모아놓은 돈은 없었지만 이제는 그런 것은 신경
쓰지 않아도 될 것이다. 살아남는 것이 우선이었다. 게다가
앞으로는 현실에서의 돈보다 마력 코인이 더 값어치가 있을
것이 분명했다.

'손상된 흔적은 없군.'

그 말은 고블린이 침입하지 않았다는 말이 된다. 조금은 마
음을 놓아도 될 것 같았다. 그래도 방심해서는 안 되었다.

"경계 태세를 유지하며 진입합니다. 들어가는 즉시 탐지 마
법을 시전해 주세요."

"알겠습니다."

"네."

전등이 모두 꺼진 빌딩 안은 무척이나 으스스했다. 쓰레기
가 여기저기 널려 있고 서류로 보이는 것들이 창문 틈으로 불
어오는 바람에 휘날리고 있었다.

엘프들이 탐지 마법으로 생존자가 있는 곳을 파악하기 시
작했다. 반투명한 정령이 소환되고 빌딩을 빠르게 뒤지기 시
작했다.

[맵 업데이트 진행 중.]
[태영빌딩 지역의 맵이 활성화됩니다.]

태영빌딩이 분석되기 시작되었다. 엘프들은 땀을 흘리며 정령들을 컨트롤하며 탐지를 계속했다.

엘프 종족을 택하게 되면 소환할 수 있는 최하급 바람의 정령이다. 공격 능력은 없지만 이처럼 탐지 마법을 가능하게 해주었다.

"음?"

신성은 대리석 바닥을 걷다가 발밑에 보이는 핏자국에 걸음을 멈추었다. 피를 흘리는 무언가를 끌고 간 흔적이다. 그것은 계단에서부터 이어져 있었다.

신성이 손을 들자 모두가 무기를 치켜들며 전투태세를 갖추었다.

신성은 선두로 나서며 조심스럽게 핏자국을 따라가 보았다. 바닥에 쓸린 핏자국은 상당히 많았는데 모두 한곳으로 향하고 있었다. 몬스터는 마력 도축을 하지 않으면 피를 흘리지 않는다. 그렇다는 말은 이것은 모두 사람의 피라는 말이다.

'외부에서 침입한 흔적은 없었어. 그렇다면……'

넓은 홀을 지나자 바닥에 뚫려 있는 구멍이 보였다. 둔기나 날붙이로 강제적으로 넓힌 구멍이다. 핏자국은 모두 그 밑으로 향하고 있었다.

신성은 무릎을 꿇으며 구멍 주변에 묻은 피를 만져보았다. 완전히 굳어 있었다. 시간이 꽤나 흐른 것이다.

안을 들여다보자 텅 빈 공간이 보인다. 지하의 시설과 이어져 있었다.

"이 밑은 지하철과 통할 거예요. 태영빌딩 뒤에 있는 백화점으로 자주 가서 알고 있어요. 새롭게 개통한 직할 노선일거예요."

이유리의 말에 신성의 표정이 굳었다. 고블린이 지하철 쪽으로 갔다는 말은 서울 어디로도 갈 수 있다는 말이다. 주둔지가 이 근방에 있다면 없애면 되겠지만 이 근방에서 더 나아갔다면 손을 쓸 방도가 없었다.

서울에서 벗어나 산 같은 곳에 들어갔다면 꽤나 곤란한 사태가 발생할 것이다.

'만약 2차 웨이브 때 고블린이 이런 지하의 통로로 빠져나온다면……'

에르소나가 놓치고 있을 가능성이 있었다. 마석의 주변은 너무나 어두워져 시야 확보가 잘 되지 않기에 고블린이 빠져나갈 가능성이 충분했다.

아르케디아 온라인의 필드는 그저 드넓은 초원이었다. 때문에 고블린이 전략을 짜기가 만만치 않았다. 마석을 포위하고 압박하면 당해낼 방도가 없었다. 그러나 서울은 달랐다. 지하철이 서울의 전역으로 이어져 있었다.

빠져나가서 어둠 속으로 스며든다면 잡아낼 방도가 없었다.

'놈들이 이곳의 정보를 얻었다면 충분히 가능해.'

몬스터 웨이브가 시작되면 마석은 쌍방향으로 열리게 된다. 플레이어는 들어갈 수 없었지만 몬스터는 자유롭게 오갈 수 있었다. 고블린 정찰병이 충분히 밖의 상황을 이야기해 줄 수 있다는 말이다.

'대비하지 않으면 지옥이 될 수도 있겠군.'

고블린의 지능은 인간보다 약간 떨어지는 수준이지만 감각이 대단히 발달되어 있었다. 게다가 그 고블린을 이끄는 정예 고블린은 보통의 인간보다 지능이 뛰어났다. 스텟만 따지고 보면 현대인을 가볍게 웃돌 것이다.

고블린은 지구인의 공격이 통하지 않는다는 것을 알고 있었다. 지구인은 고블린에게 있어서 레벨 업, 그리고 진화를 위한 맛있는 경험치에 불과했다.

에르소나에게 이 사실을 알려야 했다. 2차 웨이브가 시작되기 전에 말이다.

[태영빌딩의 맵이 업데이트되었습니다.]

[정보가 표시됩니다.]

팔찌에 그러한 문구가 떠올랐다.

맵이 새롭게 업데이트되었다. 이제 팔찌의 맵으로 건물 안을 파악할 수 있게 되었다.

탐지 마법을 펼치던 엘프 중 하나가 다급히 신성을 바라보았다.

"파티장님, 고블린의 기척입니다!"

"숫자가 꽤나 많군요."

"4층에 몰려 있습니다. 그리고 그곳 근처에서 생존자의 기척 역시 발견되었습니다. 놈들이 생존자들을 찾고 있는 모양입니다."

업데이트된 맵에서 빨간색 점으로 고블린의 위치가 표시되었다. 그리고 고블린과 어느 정도 거리를 두고 있는 파란색 점 하나와 꽤나 많은 수의 노란색 점이 보인다.

'고블린 여덟 마리, 아르케디아인 하나, 그리고 생존자들이로군.'

명확히 구별할 수 있었다. 4층에 고블린과 생존한 사람들이 있다. 고블린이 쉽게 움직이지 않는 것을 보면 아직 그들을 발견하지 못한 것 같았다.

'여덟 마리면 할 만해. 오히려 지금 숫자를 줄여놓지 않으면 곤란해지겠지.'

신성 쪽이 수적으로 우세하니 무조건 잡는 것이 좋았다. 고블린을 살려두어서는 안 되었다.

기습을 한다면 순식간에 숫자를 줄일 자신이 있었고 정면으로 맞붙어도 이 인원이면 절대 밀리지 않을 것이다. 신성은 구멍을 바라보다가 자리에서 일어났다.

"일단 생존자부터 구출하는 것이 좋겠습니다. 지하의 수색은 그 이후에 다시 생각해 보도록 하지요."

급한 불부터 꺼야 했다. 고블린이 생존자를 발견한다면 그야말로 끔찍한 상황이 일어날 것이다. 신성의 말에 모두가 고개를 끄덕이며 무기를 꽉 잡았다.

신성이 먼저 앞서나갔다.

스텟에서 나오는 폭발적인 힘을 이용하여 빠르게 달려 나가자 그 뒤를 일행이 따랐다. 엉겨 붙은 피로 엉망이 된 실내가 보였지만 그것을 무시하며 계단으로 달렸다.

휴먼 종족이었다면 어둠이 큰 방해가 되었겠지만 신성이 데리고 온 종족은 모두 밤눈이 밝은 종족들이었다. 때문에 빛이 한 점 없는 공간에서도 감각적으로 움직일 수 있었다.

4층 문이 보인다. 반쯤 일그러져 부서져 있었는데 날붙이와 둔기 자국이 있는 것을 보니 고블린이 부순 것이 확실했다.

신성이 살짝 고개를 내밀어 긴 복도를 살폈다. 역한 냄새와 함께 기척이 느껴졌다. 아르케디아 온라인에서는 감각 중에서 후각이 제일 느껴지지 않았는데 역시 현실은 달랐다. 시궁창과도 같은 냄새가 복도 끝에서 퍼져 나오고 있었다.

신성이 이유리를 바라보며 자신의 두 눈을 가리키자 이유리가 스태프를 꼭 쥐며 고개를 끄덕였다. 그녀의 주력 스킬은 루나의 힘을 이용한 신성 마법이었다. 때문에 기초 스킬인 '빛의 마비'를 익히고 있었다.

빛의 마비는 주로 초보 레이드 지역에서 많이 쓰는 스킬이다. 강력한 빛으로 시야에 혼란을 주어 정신마저 멍하게 만드는 효과가 있었다.

랭크가 없거나 레벨이 낮은 몬스터는 마법에 대한 면역이 거의 없기 때문에 던전 공략 및 레이드를 할 때에는 필수였다.

주문이 실패하거나 빗맞는다면 큰 피해로 이어질 수 있는 일이기에 이유리는 긴장한 기색이 역력했다. 신성이 시선을 돌려 다른 이들을 바라보자 그들도 알아들었다는 듯 고개를 끄덕이며 두 눈을 빛냈다. 어두운 가운데에서 살짝 번뜩이는 눈빛은 저 고블린을 죽이겠다는 의지로 가득했다. 그것은 신성 역시 마찬가지였다.

4층 복도에 올라 고블린이 있는 쪽을 향해 가까이 다가가기 시작했다. 빛이 보인다. 고블린들이 휴식을 취하고 있는 것인지 모닥불을 켜놓고 주변에 서 있었다.

"키? 키키킥!"

"케에에에?"

"크륵!"

한가한 목소리가 들려왔다. 혐오감이 드는 소리였지만 고블린에게는 그것이 언어일 것이다. 고블린은 확실히 여유가 있었다. 서로 농담 따먹기를 하며 무기를 손질하고 있었다.

고블린은 이 주변에 생존자들이 숨어 있다고 확신하고 있었다. 아예 이곳에서 진을 치고는 생존자들을 찾아낼 생각으로 보였다.

놈들은 방심하고 있었다. 지구로 넘어와 자신들이 포식자가 되었다고 생각하고 있는 것이 분명했다. 기껏해야 최하위 몬스터인 고블린인데 말이다.

신성이 자판기 옆에 몸을 숨기자 이유리가 신성 옆에 딱 붙어 섰다. 다크엘프들은 어둠에 스며들어 있었고 엘프들은 뒤로 빠져 있었다. 수인족으로 이루어진 근접 딜러 역시 몸을 낮추며 신호를 기다렸다.

'단번에 처리한다.'

신성은 전투를 빠르게 끝낼 생각이다. 전투가 길어지다가 실수라도 나온다면 인명 피해로 이어질 수 있었다.

신성은 고블린들을 바라보며 이유리의 어깨에 손을 대었다. 이유리가 눈을 감고 속으로 주문을 외웠다. 주문을 외우자 은은한 빛이 뿜어져 나왔지만 모닥불 빛 때문에 고블린은 알아차리지 못했다. 고블린이 할 수 있는 유일한 공격의 기회가 그렇게 끝난 것이다.

주문이 완성되자 이유리의 눈동자에서 푸른빛이 감돌았다. 신성력이 방출되기 전에 나오는 현상이다. 신성은 차분하게 고블린에게서 최적의 타이밍을 찾다가 입을 뗐었다.

"지금!"

신성이 외치는 순간 이유리가 옆으로 빠져나가며 스태프를 앞으로 강하게 뻗었다.

"빛의 마비!"

휘이이이! 파아아아!

농구공만 한 빛 덩어리가 날아가며 모닥불에 적중했다. 환상적인 궤적을 그리며 모닥불에 부딪쳤지만 신성과 일행은 그것을 보고 있지 않았다. 빛이 터지기 전까지 고블린을 제외한 모두가 두 눈을 꼭 감고 있었기 때문이다.

"키, 키에에엑!"

"캐액!"

"캐애액!"

고블린들이 두 눈을 부여잡으며 침을 질질 흘리기 시작했다. 어둠에 익숙해져 있는 고블린의 두 눈에 큰 타격을 준 것이다. 무기를 놓치지는 않았지만 단번에 전투 불능 상태에 빠져 버렸다.

"공격!"

환한 빛이 사라지자 신성은 그렇게 외치며 제일 먼저 달려들었다. 튕겨져 나가듯이 빠르게 달려들어 고블린을 향해 검을 휘둘렀다.

신성의 검법은 굵직한 선을 보여주었다. 하급 검법이지만 고블린을 압도하는 스텟에서 나오는 파괴력이 대단했다. 인간을 잔뜩 먹어 큰 폭으로 레벨 업 된 고블린을 한 번에 베어버릴 정도였다. 레벨 차이도 무시할 수는 없었지만 워낙 스텟차이가 커서 고블린은 이제 상대가 되지 않았다.

그럼에도 신성은 신중하게 행동했다. 단순히 몬스터를 잡는 행위가 아니고 사람을 구하는 일이었기 때문이다. 한 마리라도 빠져나가 난동을 피운다면 숨어 있는 사람들이 크게 다치게 될 것이다.

신성의 검이 고블린의 몸을 벤 순간 신성의 등 뒤에서 많은 화살이 날아와 주변 고블린들의 몸에 꽂혔다. 엘프들이 원거리 사격을 퍼부은 것이다.

"죽여 버려!"

"죽어라!"

곧이어 등장한 다크엘프를 포함한 근접 딜러들이 고블린들을 둘러싸며 무기를 휘둘렀다. 신성은 빠르게 고블린 한 마리의 목을 베고는 그대로 회전하며 옆에 있는 고블린의 배에 검을 쑤셔 넣었다. 그는 거기서 그치지 않고 그대로 벽으로 밀어붙였다.

검이 고블린과 함께 벽에 박히자 고블린이 발버둥을 치며 비명을 질러댔다.

"캐애애액!"

고블린의 피가 신성의 얼굴에 튀었다. 신성은 고블린을 노려보았다. 고블린은 발버둥 치다가 그대로 축 늘어졌다. 두 눈빛이 흐려지고 고개가 꺾이더니 연기가 되어 사라진 것이다.

신성은 얼굴을 만져보았다. 사물에 묻은 피는 사라졌지만 몸에 묻은 진득한 피는 아르케디아 온라인에서처럼 사라지지 않았다.

"한 마리!"

"두 마리째입니다."

"마지막 놈!!"

퍼억!

서걱!

계속되는 공격에 고블린들이 반항조차 하지 못하고 그대로 바닥에 쓰러졌다. 첫 전투에서 본 고블린보다 몸집이 컸지만 이제는 파티원들도 고블린과의 레벨이 큰 차이가 나지 않아 쉽게 이길 수 있었다.

[EXP 120×4 UP]

[10P×4 UP]

경험치와 스킬 포인트가 오른 것을 확인할 수 있었다. 신성은 긴 숨을 내뱉으며 검을 검집에 넣었다. 전투가 끝나자 모두가 모습을 드러냈다.

"모두 다친 곳은 없으신가요?"

이유리가 묻자 모두가 고개를 끄덕이며 웃음을 보였다.

"고블린도 현실화되니 방심 같은 것을 하는군요. 짜여 있는 프로그램처럼 움직이지 않으니 곤란한 점도 있지만 이렇게 이득을 볼 때도 있네요."

전투를 끝낸 김수정의 감상이다.

신성은 바닥에 떨어져 있는 아이템으로 시선을 옮겼다. 하급 마정석과 보석류였는데 추후에 공정하게 분배하면 될 것 같았다.

"빌딩 밖, 그리고 내부 통로의 경계를 부탁드립니다."

"알겠습니다."

신성이 엘프들을 보며 말하자 엘프들이 고개를 숙여 보이고 자리에서 이탈했다. 그들이 경계하며 탐지 마법으로 습득한 정보는 맵에 자동으로 업데이트되니 고블린의 추가 침입에 대비할 수 있었다. 급한 상황일 경우 신호를 보낼 터이니 안심하고 생존자 수색을 할 수 있을 것이다.

"킁킁, 사람의 피 냄새가 나요!"

이유리는 코를 킁킁거리면서 냄새를 맡았다. 신성은 맵을 자세히 바라보다가 복도 끝을 향해 걸음을 옮겼다.

신성의 눈에 마력의 흐름이 보였다. 그것은 신기한 경험이었다. 보랏빛이 섞인 푸른 물결이 조금씩 저 멀리서 퍼져 나오고 있었다. 맵에 표시되어 있는 생존자들도 그쪽에 있었다.

"고블린은 없으니 빨리 이동하도록 하죠."

신성은 그렇게 말하며 빠르게 복도 끝으로 이동했다. 생존자가 있는 쪽은 천장과 벽이 완전히 무너져 내려 통로를 막고 있었다. 고블린의 침입을 막기 위해 누군가 고의적으로 무너뜨린 것이 확실했다.

일일이 잔해를 옮길 시간은 없었다.

"잔해를 부수겠습니다! 뒤로 비켜서세요!"

신성은 그렇게 크게 외치며 검을 치켜들었다. 잔해를 그대로 터뜨려 갈아버릴 생각이다. 건물에는 어느 정도 피해가 갈 테지만 그 정도는 감수해야 했다.

"마력 방출!"

검을 빠르게 내려 베며 한순간에 모든 마력을 다 방출했다. 그러자 잔해가 두부처럼 으깨지며 사방으로 튕겨 나갔다. 드래곤 하트에서 뿜어져 나오는 순도 높은 마력의 힘이다.

신성은 숨을 몰아쉬며 검을 검집에 넣었다. 텅 빈 드래곤 하트의 마력이 숨을 몰아쉬자 빠르게 차올랐다. 고위 마법사도 이 정도의 마력 회복력은 보일 수 없었다. 하물며 전사 계열은 마력 재생력이 극히 낮아 마력 포션을 먹어야만 했다. 그러나 신성은 드래곤 하트라는 강력한 마력 생성기가 있기에 마력 포션을 먹는 일은 없을 것이다.

자욱한 먼지가 가라앉자 잔해 너머의 상황이 보였다. 신성의 눈동자가 크게 떠졌다. 초보자 로브를 입고 있는 남자가 막아놓은 문 앞에서 실드 마법을 펼치고 있었기 때문이다.

그의 상태는 좋지 않아 보였다. 온몸이 붉은 안개에 휩싸여 있었다. 난자당한 상처가 가득했는데 간신히 숨을 이어가고 있었다.

신성이 빠르게 다가가자 남자가 힘겹게 고개를 들어 신성을 바라보았다.

"크, 크윽! 고블린들이……."

"말씀하지 마세요. 일단 상처부터……."

신성이 얼굴이 창백해진 이 유리를 바라보자 이유리가 빠르게 다가와 힐을 걸었다. 그러나 상처는 낫지 않고 있었다. 상처가 아물려고 하면 뿜어져 나오는 독기 때문에 다시 상처가 벌어졌다.

"큐어!"

서둘러 해독 마법을 걸었지만 이미 온몸에 퍼진 고블린의 독은 정화되지 않았다. 해독 마법의 랭크가 최하위였기에 해독이 되지 않고 있는 것이다.

이유리도 그것을 깨달았는지 눈물을 글썽이며 입술을 깨물었다. 남자는 숨을 몰아쉬다가 이유리의 손을 잡았다.

"쿨럭! 와줘서 고맙… 크윽……."

모두가 그를 바라보았다. 신성은 그가 편히 숨 쉴 수 있게 몸을 편하게 해주었다. 가슴에 박혀 있는 고블린의 단도가 그를 헐떡이게 하고 있었다. 휴먼 종족, 그것도 마법사 계열이었기에 남자의 내구도는 취약했다.

남자가 신성을 바라보았다. 신성의 황금빛 눈동자에서 무엇을 느낀 듯 그의 어깨를 잡았다.

"이 뒤에… 사람들이… 있습… 쿨럭!"

"저희에게 맡겨주세요."

신성이 그렇게 말하자 남자는 겨우 안심했다는 듯 긴 숨을 내쉬었다. 그 긴 숨이 유난히 크게 들렸다. 신성의 어깨에 닿은 남자의 손이 바닥으로 떨어졌다. 그와 동시에 남자의 몸이 푸른빛에 감싸이며 분해되기 시작했다.

신성은 자신의 손을 바라보았다. 그의 손에 닿은 남자의 육체가 빛의 입자가 되어 완전히 사라졌다.

죽음.

아르케디아인으로서 죽음을 맞이한 것이다.

딸그락!

그가 있던 곳에 영롱하게 빛나는 주먹만 한 보석이 떨어져 있다.

모두가 이것을 영혼석이라 불렀다.

아르케디아 온라인에서는 죽게 되면 이렇게 영혼석으로 바뀌어 가까운 부활석에서 부활하게 된다. 아르케디아 온라인의 전역에 부활석이 있었기에 플레이어는 언제든 부활할 수 있었다. 그러나 지구에는 부활석이 아직 존재하지 않았다.

영롱하게 빛나던 보석이 빛을 잃었다. 신성은 남자가 완전히 이곳을 떠났음을 깨달았다. 이 영혼석은 단지 남자의 유해일 뿐이었다.

CHAPTER 4

고블린 주둔지

"제, 제가… 해독 마법의 랭크만 좀 더 올렸어도… 그랬다면……"

"당신 탓이 아닙니다."

이유리의 말에 신성이 대답하자 김수정 역시 고개를 끄덕였다.

"자책하기보다는 구할 수 있는 사람들을 생각하시는 것이 어떻겠습니까?"

김수정이 이유리를 향해 조용히 말했다.

신성의 표정은 굳어 있었다. 아르케디아인들도 죽음에서

자유롭지 못했다. 죽음이 마치 주변에 도사리고 있는 것 같아 소름이 끼쳤다. 그러나 신성은 바로 냉정을 되찾았다.

자신이 해야 할 일을 분명히 알고 있었다.

영혼석을 조심히 들어서 인벤토리에 넣고는 남자가 지킨 문으로 다가갔다. 잠금장치가 고장 났는지 손을 가져다 대자 문이 끼익 하며 열렸다.

어두운 공간이 모습을 드러냈다.

"꺄, 꺄악!"

"사, 살려주세요!"

아무것도 보이지 않는 공간에서 인기척이 들리자 안에 있던 사람들이 비명을 질렀다. 신성이 엘프를 바라보자 엘프가 고개를 끄덕이며 손을 뻗었다.

"라이트."

은은한 빛이 터져 나가며 주변을 비추었다. 정장을 입고 있는 사람들이 서로에게 딱 붙어 두려움에 몸을 떨고 있었다. 갑작스럽게 보이는 빛에 사람들의 시선이 신성 쪽으로 향했다.

"괴, 괴물이······!"

"괴물이 아니야!"

신성의 모습을 본 사람들이 그제야 안심했다. 그러나 경계의 눈빛은 사라지지 않고 있었다. 그런 지옥 같은 일을 겪었으니 당연한 일이었다.

"걱정 마십시오. 구하러 왔습니다."

신성의 말이 그들을 위로했다. 신성의 말에는 사람의 마음을 휘어잡는 매력이 존재했다. 사람들에게 있던 두려움이 조금씩 사라지기 시작했다. 사람들이 주춤거리며 일어났다.

"저, 정말 구, 구조대인가요?"

"그, 그 괴물들은요?"

"아직도 밖에 있어요! 아! 정 대리님, 정 대리님이 절대로 밖으로 나오지 말라고……."

문을 지키며 죽은 남자는 이 회사 소속의 직원으로 보였다. 그곳에 있던 이유가 이해가 되었다. 그는 휴먼 종족으로서 천공의 도시로 가지 않고 회사 생활을 계속하고 있던 것이다.

"정 대리님이 엘리베이터에 갇힌 저희를 구해주셨어요."

"정 대리는 어디에……?"

사람들이 묻자 신성은 고개를 저었다. 그러자 사람들의 표정이 급격히 어두워졌다. 사람들의 숫자는 대략 20명으로 모두 젊어 보이는 남녀였는데 직급이 높은 자는 보이지 않았다.

무언가 사연이 있는 것 같았지만 신성은 묻지 않았다.

"일단 부상자들을 모아주십시오. 치료를 한 후에 이곳에서 빠져나가겠습니다."

이동이 가능할 정도로 치료를 해야 했다.

꽤나 중상을 입은 자들도 있었다. 그들이 스스로 응급처치를 해놓았지만 고블린의 단도로 당한 상처에서는 벌써부터 고름이 흘러나오고 있었다.

"상처를 보여주세요! 치료해 드릴게요!"

이유리가 다가가자 사람들은 이유리의 모습을 움찔거리며 바라보았다. 좀처럼 볼 수 없는 귀여운 외모에 고양이 귀와 꼬리를 지녔으니 이질적으로 보이는 것은 당연했다.

이유리는 그것을 깨닫고는 살짝 웃어 보였다.

"괘, 괜찮아요. 해치지 않습니다. 그냥 고양이 귀예요."

두 손을 펼치며 그렇게 말하자 다크엘프와 수인족들이 사람들에게 다가가며 부상자들을 붙잡았다. 이해를 구하는 것보다는 일단 치료가 우선이었기 때문이다.

이유리는 구슬땀을 흘리며 빠르게 치료해 나가기 시작했다.

"사, 상처가……!"

"상처가 아, 아물고 있어요!"

"살았다! 살았어!"

사람들의 입장에서 이것은 기적이었다. 벌어진 상처가 아물고 회복되는 것이 눈에 보였기 때문이다. 경계하던 모습은 사라지고 겨우 웃을 수 있게 되었다. 그들은 오랜 두려움에 지쳐 있었지만 신성의 말을 잘 따라주었다. 그렇게 해야만 살 수 있음을 본능적으로 느끼고 있었기 때문이다.

"후, 다 됐어요. 이제 움직일 수 있을 거예요."

"감사합니다! 정말 감사합니다."

다리를 움직여 본 남자 직원이 이유리에게 고개를 숙였다. 이유리는 녹초가 되었지만 뿌듯한 미소를 그렸다. 비틀거리는 이유리를 김수정이 잡아주었다. 이유리를 쉬게 해주었으면 좋겠지만 아직 수색할 곳이 많이 남아 있었다.

신성은 창문 밖으로 보이는 어두운 도시를 바라보다가 고개를 돌렸다.

"이곳에서 빠져나가겠습니다. 최대한 소리를 죽이며 따라와 주십시오."

사람들은 신성의 말에 모두 고개를 끄덕였다.

*   *   *

생존자 구출은 밤이 깊도록 계속되었다. 음식과 물이 있는 안전한 장소를 확보하고 그곳을 기점으로 생존자들을 모았다. 고블린과의 전투도 있었지만 그리 많은 숫자가 아니라 기습으로 빠르게 처리할 수 있었다. 생존자를 구출하는 동안 1레벨이 올랐고, 스킬 포인트도 제법 모을 수 있었다. 이제는 보통의 고블린과 싸워도 압도할 수준이 되자 수색은 더욱 탄력을 받았다.

"이걸로 이 근방은 모두 뒤진 것 같습니다. 더 나아갔다가는 마석의 영향권 안에 들어갈 것입니다."

"날이 밝아오니 철수해야겠군요."

김수정의 보고에 신성이 답했다. 이 근방에서 구출한 사람은 백 명이 넘었다. 모두 마석이 열릴 때 미처 피신하지 못한 이들이다. 태영빌딩과 같은 상황은 특이 케이스였고 대부분 체력이 약한 여자나 노약자, 그리고 어린 아이들이었다.

고블린의 흔적이 전혀 없는 상점에 그들을 모은 신성은 이제 마트로 퇴각해야 할 때라는 판단을 내렸다. 탐지 범위가 닿는 내에서 최대한 수색한 결과였지만 안타까운 마음이 들었다.

더 이상 위험을 감수할 수는 없었다. 날이 밝으면 곧 2차 웨이브가 시작될 것이다.

"정말 감사합니다."

"꼼짝없이 죽는 줄 알았어요. 흐윽!"

"고마워요."

신성이 건물 안으로 들어가자 사람들이 다가오며 연이어 감사를 표했다. 부모를 잃은 어린 아이들은 이유리와 엘프들이 돌보고 있었는데 이미 꽤나 친해진 듯 허물없이 잘 따랐다. 고작 열 명으로 이 정도로 많은 사람을 구출한 것은 기적과도 같은 일이었다.

드래고니안인 신성조차 지칠 정도의 일이었지만 신성은 내색하지 않았다. 모두가 지쳐 있기는 마찬가지였다.

"나간 엘프들이 돌아왔습니다. 보고드리겠습니다, 파티장님."

김수정이 신성에게 목례하며 말했다. 그런 예의를 갖추지 않아도 되었지만 많은 사람이 지켜보고 있는 만큼 지휘 체계를 확실히 해야 한다는 것이 그녀의 생각이었다. 신성이 고개를 끄덕이자 그녀가 보고하기 시작했다.

"파티장님, 마트로 가는 퇴로는 안전합니다. 고블린의 흔적은 보이지 않습니다."

"2차 웨이브를 기다리는 것일 수도 있겠군요. 생각보다 고블린의 조직 체계가 잘 짜여 있는 것 같습니다. 아르케디아 온라인의 설정이 현실화되니 무서울 정도군요."

"기존 게임에서 하던 대로 대응했다가는 큰 재앙을 초래하게 될 것입니다."

신성은 김수정의 말에 동의하며 고개를 끄덕였다. 게임에서는 설정들이 반영이 잘 안 된 것이 대부분이었다. 어쨌든 몬스터는 짜여 있는 프로그램에 따라 행동했기 때문이다. 그러나 지금은 단순한 텍스트 설정에서 벗어나 완전히 현실화가 되었다.

'일단 2차 웨이브만 잘 넘기면 돼. 3차 웨이브는 단일 보스 전이니 많은 수로 상대하면 어떻게든 될 거야.'

아직 시간은 많이 남아 있었다. 2차 웨이브는 날이 밝고 정오를 기점으로 시작될 것이다. 지금과는 비교도 할 수 없는 물량이 쏟아져 나올 테고 정예 몬스터가 나타날 것이다. 3차 웨이브에서 나오는 보스급 몬스터인 마석의 수호자를 죽여야만 마석이 활성화를 멈추고 당분간 휴면 상태에 들어가게 될 것이다.

그때부터는 누구나 마석 안으로 진입할 수 있게 된다.

2차 웨이브의 정예 몬스터라면 고블린 정예 병사일 것이다. 아마 보스급 몬스터는 고블린 족장이겠지.

신성은 마치 어제의 일을 떠올리는 것처럼 굉장히 선명하게 모든 것을 기억해 낼 수 있었다.

'오래전 일인데 너무 생생하게 떠올라. 마치 책을 들여다보는 것 같아.'

드래고니안이 되었기 때문인지 과거에 겪은 일들이 너무나도 생생하게 기억났다. 아르케디아 온라인에서는 드래곤은 망각이 없다고 설정되어 있었다.

아르케디아 온라인을 접하기 전의 기억은 평소와 같았지만 아르케디아 온라인을 시작한 이후부터 지금까지의 기억은 사소한 것들까지 떠올릴 수 있었다.

아르케디아 온라인에 대한 정보가 사라진 지금 이것은 굉장히 큰 강점이었다. 아르케디아인들은 정보를 기억하고는 있지만 신성만큼 방대한 양은 기억할 수 없었다. 신성은 1레벨부터 999레벨까지 올리며 모든 보스를 때려잡은 공략집과도 같은 존재였다.

그랬기에 향후 계획을 세우는 데 있어서 대단히 유리했지만 지금은 몬스터 웨이브에 집중해야 했다.

신성은 이들을 일단 제일 안전한 마트로 돌려보내고 태영 빌딩의 지하를 살펴볼 생각이다. 그곳이 마석이 있는 곳과 연결되어 있다면 2차 웨이브 때 피해가 막심할 것이다.

지켜야 할 일반인이 많아진 이상 가급적이면 전투를 피해야 했다. 때문에 신성은 직접 지하로 가서 어떤 상황인지 파악할 생각이다. 만에 하나 신성이 예상한 결과가 맞는다면 에르소나에게 빠르게 알려 최악의 상황을 막아야 했다.

"시르 님."

신성은 가장 든든한 탱커인 시르를 불렀다. 랑인족(狼人族)으로서 이제는 7레벨에 도달해 고블린의 공격 따위는 가볍게 막아낼 수 있는 메인 탱커 중 하나이다.

사람들을 구할 때는 기습 위주였기에 방패를 인벤토리에

넣어놓고 있었다. 랑인족이었기에 근접형 딜러로도 변신이 가능한 만능형 전사였다.

"예, 파티장님. 부르셨습니까?"

"사람들을 통솔하여 마트로 데려가 주십시오. 고블린은 없지만 충분히 경계를 하셔야 합니다."

"예? 그럼 파티장님께서는……?"

"살펴볼 곳이 있습니다. 날이 밝기 전까지는 마트로 복귀할 것입니다."

"파티장님이 그렇게 명하신다면 따르겠습니다만 부디 무리하지 마십시오."

시르는 고개를 끄덕이면서도 신성을 걱정했다.

신성은 어느새 50인 아르케디아인의 전폭적인 신뢰를 받는 파티장이 되어 있었다. 이토록 많은 사람을 큰 피해 없이 구할 수 있던 것은 신성의 역할이 너무나 컸다. 신성이 없었다면 구조는커녕 첫 전투에서 많은 이가 죽었을 것이다.

파티장의 단독 행동은 파티 전체에 큰 부담이 가는 행동이기는 하지만 신성은 그것을 감수하더라도 살펴봐야 할 필요성을 느끼고 있었다.

김수정이 뒤에서 다가와 신성 옆에 섰다.

"태영빌딩 지하를 살펴볼 생각이시군요."

"예. 가급적이면 전투는 피할 것입니다. 상황이 여의치 않으면 도주할 생각이구요."

"그렇다면 저도 같이 가겠습니다. 저 하나 정도 빠져도 사람들의 호송에는 문제가 없을 것입니다."

그녀가 있다면 꽤나 도움이 될 것이 분명했다.

퇴각하는 길이 확보된 이상 그녀의 부재는 그리 큰 공백이 아닐 거라는 데 생각이 미친 신성이 고개를 끄덕이자 이유리가 손을 번쩍 들었다.

"저, 저도⋯⋯."

"유리 님, 사람들을 부탁드립니다. 힐러께서 계셔야 안심할 수 있습니다."

"그, 그렇지만⋯⋯."

이유리의 귀가 처져 있다. 따라가고 싶은 마음이 역력했지만 신성의 말에 그 기대를 접어야 했다. 수인족의 모습이었기 때문에 감정 상태가 유난히 눈에 확 들어왔다. 묘인족이기는 하지만 힐러라는 특성 때문에 일반적인 엘프보다도 신체 능력이 떨어지니 이번 일에 데려가는 것은 무리였다. 오히려 짐이 될 수도 있었다.

"이제 이동할 것입니다. 정오 전까지는 안전한 곳으로 가실 수 있을 겁니다."

"감사합니다!"

"흐윽, 정말 고마워요!"

사람들은 눈물까지 흘리며 신성과 다른 이들에게 고마움을 표현했다. 지쳐 있었지만 모두 군말 없이 신성의 지시에 따랐다. 그만큼 고블린들에게 얻은 공포는 너무나 컸다. 아마 평생 정신적인 후유증을 앓고 살아갈지도 모른다. 그래도 살아남은 것이 다행이었고, 고블린에게 산 채로 잡아먹힌 자들의 고통에 비하면 아무것도 아니었다.

신성은 건물 밖으로 나와 마트 쪽으로 이동하기 시작했다. 굉장히 짙은 어둠이 깔려 있었지만 사람들은 침착하게 잘 따라왔다. 태영빌딩이 앞에 보이자 신성은 시르에게 지휘를 부탁하고 대열에서 이탈했다.

신성이 이탈하자 조금 불안한 기색을 보이기는 했지만 이미 퇴로가 확보되어 있으니 별다른 일 없이 마트에 도착할 수 있을 것이다.

신성은 태영빌딩 안으로 들어갔다. 태영빌딩은 여전히 조용했다. 마치 시간이 멈춘 것 같이 느껴질 정도로 아무런 기척이 없었다.

"어둠이 더 짙어졌군요. 낮이 되어도 어두울 것 같습니다. 게임에서는 그래도 나름 운치가 있었는데 현실이 되니 세상의 종말을 떠올리게 만드는군요."

신성의 옆에 선 김수정이 말했다.

마석이 내뿜는 어둠이 건물 안까지 영향을 미치고 있었다. 이 정도 어둠은 괜찮지만 마석 주변의 짙은 어둠은 아르케디아인들의 생명력을 빨아들이는 저주와도 같은 성질을 지니고 있었다.

때문에 마석이 닫히거나 몬스터 웨이브가 끝나고 휴면 상태에 들어가기 전까지는 접근이 불가능했다. 그렇기 때문에 마석이 개방되기 전에 막아야 했다.

"이번만 막아낸다면 앞으로 대처가 가능할 테니 좀 더 상황이 나아지겠지요."

"그러길 바랄 뿐입니다. 그런데… 파티장님은 에르소나에 대해서 잘 아십니까?"

"빛의 검, 전신(戰神) 에르소나. 세계에서 제일 큰 길드를 이끈 플레이어였지요. 보유한 레이드 클리어 기록도 가장 많다고 알려져 있었고 확보한 성도 대단히 많았죠."

신성은 에르소나에 대해 누구나 알 만한 이야기를 꺼냈다. 그녀와 대적하여 그녀에게 큰 손해를 입힌 것은 신성이 유일할 것이다.

"예, 그렇지요. 저는 원래 에르소나가 이끄는 블루문 길드 소속이었습니다. 방출되기는 했지만 말입니다."

"방출이라……. 어떤 일이 있던 겁니까?"

"의견 다툼이 있었습니다. 그녀는 너무나 냉정하고 계산적입니다. 게임이라 그럴 수도 있다고 생각했지만… 더 이상 버틸 수가 없더군요. 그녀의 플레이 방식은 잔인할 정도로 인간미가 없습니다. 길드의 이익을 위해서라면 길드원들을 버릴 만큼……."

신성은 고개를 끄덕였다. 신성이 자신만을 위해 이기적인 플레이를 했다면 에르소나는 철저하게 자신의 길드만을 위해서, 이기기 위해서 플레이를 했다. 신성과 충돌이 있던 것은 당연한 일인지도 모른다.

"본대는 분명 그녀가 이끌고 있을 겁니다. 그래서 불안합니다. 이곳은 게임이 아닌 현실이니까요."

"그녀도 알고 있겠지요. 우리처럼."

"파티장님, 저도 그녀가 진심으로 그러길 바랍니다."

신성이 짐작하건대 김수정은 에르소나와 단순한 관계가 아닌 것 같았다. 그녀의 말 속에는 에르소나를 걱정하는 마음도 있었다.

에르소나는 철저하게 아르케디아인의 이득을 위해 움직일 것 같았다. 게다가 그녀는 하이엘프였으니 자신과 인간은 다르다고 생각할 여지조차 있었다.

'우리는 그저 알 수 없는 이유로 바뀐 것일 뿐이야.'

신성은 아르케디아인 모두가 인간이라 생각하고 있었다. 단지 사고에 휘말려 바뀐 것뿐이다. 신성과 김수정은 태영빌딩

내부를 가로질러 혈흔이 묻어 있는 구멍 앞에 도달했다.

신성은 망설임 없이 구멍 안으로 뛰어내렸다. 상당히 높은 곳에서 뛰어내렸지만 신체에 무리는 없었다. 내구 스텟이 높아진 덕에 이 정도는 아무것도 아니었다.

빌딩 밑에 있는 지하 시설을 지나자 역과 이어진 지하상가가 등장했다.

"지하상가로군요. 약탈의 흔적이 보입니다. 고블린은 아닌 것 같습니다. 고블린이 옷 같은 것을 훔칠 리 없으니 말입니다."

김수정이 주변을 살펴보며 말했다. 시계나 귀중품을 파는 곳은 모조리 파괴되어 있었다. 혼란스러운 틈을 타 사람들이 상가를 턴 것 같았다. 그리고 핏자국이 있는 것으로 보아 이곳에 남겨져 있던 사람들은 이미 고블린의 식사가 된 지 오래일 것이다.

"그러고 보니 사놓은 옷이 전부 안 맞겠네요."

"그렇습니까?"

"아마 속옷도 안 맞을 것 같습니다."

김수정이 자신의 가슴을 내려다보며 말했다. 유난히 큰 그녀의 가슴이 신성의 눈에 들어왔다.

신성은 김수정이 한 말의 의미를 깨닫고는 시선을 돌렸다. 다크엘프의 몸매는 비현실적으로 아름다우니 아마 전의 육체와는 상당히 차이가 날 것이다. 신성 역시 근육질 몸으로 바뀌어 옷이 조금 끼는 느낌을 받기는 했다.

"…아르케디아의 복장도 나쁘지 않으니 애용해 보시지요."

"파티장님의 말씀이라면 따르겠습니다."

"그런 건 굳이 안 따르셔도 됩니다만."

"후후, 설정 상으로는 다크엘프나 엘프들은 나뭇잎 몇 장만으로도 가린다더군요."

"그런 설정도 있었습니까?"

신성과 김수정은 작게 대화를 하며 긴장을 풀었다. 상가를 빠져나와 역에 도달했다. 새롭게 만들어진 지하철역은 깨끗했지만 바닥에는 피로 떡칠이 되어 있어 마치 공포 영화 속에 들어온 것 같은 기분이 들었다.

신성은 벽에 붙어 있는 지하철 노선도를 바라보았다.

"신 지하철 노선도군요. 수정 님, 마석이 있는 곳이 어느 역 근처인지 알고 계십니까?"

"강남역 근처일 겁니다."

"이 노선 역시 강남역으로 직통하는 노선이군요."

김수정은 신성의 말에 살짝 몸을 떨었다.

"파티장님, 만약 고블린들이 이곳으로 빠져나온다면……."

"방어 라인이 뚫리게 되고 대량 살상이 일어날 겁니다. 민간인들이 습격을 당하겠지요."

"이미 예상하고 계셨군요."

"마석 근처로 다가갈 수 없으니 그저 예상일 뿐입니다."

고블린이 이곳에 있다고 해도 마석 쪽에서 왔다는 증거는 없었다. 그러나 그럴 가능성이 상당히 컸다. 신성은 지하철 승강장에 섰다. 스크린 도어가 설치되어 있었지만 커다랗게 부서진 곳이 보였다.

김수정은 푸른빛을 발하는 눈동자로 그곳을 살펴보다가 옆에 있는 스크린 도어를 손으로 밀었다. 그러자 스크린 도어가 이미 파손되어 있었는지 허무하게 떨어져 나가며 밀려났다.

"이쪽으로 내려가면 될 것 같습니다."

김수정이 먼저 선로에 내려서고 그 뒤에 신성이 착지했다. 선로에 내려서자 기분이 이상했다. 영원히 이런 곳에 내려올 일은 없다고 생각했으니 말이다. 마치 뒤에서 전철이 올 것만 같은 착각이 들었다.

소리를 죽이며 선로를 어느 정도 걸었다. 저 멀리서 희미한 빛이 보이는 순간 신성과 김수정은 몸을 숨겼다.

빛이 보이는 공간은 지하철 선로와는 완전히 달랐다. 마치 동굴처럼 변해 있었는데 여기저기 기둥이 솟아 있었다. 그곳은 고블린들이 주로 사는 동굴이었다.

주거지를 구성하자 현실 침식이 일어나며 지하철 선로에서 고블린 주거지로 바뀐 것이다.

'이런 식으로 적용되는 것이군.'

그저 환상에 불과하던 것들이 현실을 침식하고 있었다.

[최초로 지하철 고블린 주둔지를 발견하였습니다.]
[500EXP UP! 100P UP!]

[칭호 : 최초의 탐험가 획득!]
[F] 최초의 모험가

최초로 탐험을 시도하여 의미 있는 것을 발견하였다.

*근력 : 10
[1,000C 획득!]

팔찌에 정보창이 떠올랐다. 고블린의 주둔지를 발견한 것
이다. 처음으로 발견한 것이기에 상당한 경험치, 칭호, 그리고
많은 마력 코인을 받을 수 있었다. 그러나 신성의 표정은 좋
지 못했다. 그것은 김수정 역시 마찬가지였다.

'역시 주둔지를 꾸렸군. 좀 더 살펴봐야겠어.'

고블린의 독침이 만들어진 곳은 이곳이 분명했다. 신성은
숨소리마저 조절하며 천천히 주둔지로 다가갔다.

김수정은 은신을 쓰며 신성과 떨어진 곳에서 이동했다.

환한 모닥불이 바로 보이는 곳까지 들키지 않고 올 수 있었다.

고블린들이 모닥불 주위에 둘러앉아 무언가를 마시고 있었다. 얼큰하게 취해 몸을 가누지 못하고 있었는데 빈 병을 보니 소주였다. 소주뿐만 아니라 막걸리를 포함한 각종 술이 박스째 쌓여 있었다.

주변 상가에서 가져온 것으로 보였다. 신성은 기둥 뒤에 숨어 고블린들을 주시했다.

'고블린들이 술을 좋아하는 건 알고 있었지만… 이건 완전히 놀자판이군.'

보초들조차 벽에 등을 기댄 채 꾸벅꾸벅 졸고 있었다. 그 주변에도 술병이 가득했다. 이곳에 자신들의 적수가 없음을 자신하고 있는 모양이다. 마석 주변에 있는 본대와는 제법 거리가 있었으니 방심할 만했다. 고블린들은 이곳에 아르케디아인들이 있으리라고는 생각하지 못하고 있었다.

고블린은 고기를 뜯고 있었다. 신성은 그것이 무슨 고기인지 짐작이 갔지만 애써 생각하지 않았다.

김수정이 단검을 움켜쥐며 눈빛을 빛내고 있다. 당장에라도 저 고블린의 목을 베어버리겠다는 의지가 강력했다. 신성이 조용히 고개를 젓자 그녀는 이를 갈면서도 조용히 뒤로 물러났다.

군데군데 피워져 있는 모닥불의 중심에 유난히 커다란 체구를 지닌 고블린이 보인다. 다른 고블린들과 달리 제대로 차려입었고 온몸에는 기이한 문신이 가득했다. 손에 든 책이 그 고블린의 정체성을 알려주었다.

신성이 조용히 그 고블린을 가리키자 김수정이 고개를 끄덕인 다음 조용히 손을 뻗었다. 희미한 빛이 흘러나왔지만 고블린들은 눈치채지 못했다.

감정 스킬을 쓴 것이다.

천공의 도시에 막 도착한 신성과는 달리 그녀는 바로 천공의 도시에 와 있었기 때문에 모험에 필요한 다양한 스킬을 익히고 있었다.

신성 역시 일상 퀘스트를 하며 천천히 레벨을 올리며 부가적인 스킬을 익혀보려 했지만 상황이 갑작스럽게 진행되었다.

김수정이 정보를 신성에게 보내주었다.

[F+] 16Lv : 고블린 주술사(정예)

마법을 쓰는 희귀한 고블린.

암흑 마법을 쓰며 굉장히 영리하다고 알려져 있다. 정예 몬스터 중에서도 손꼽히며 중간 보스라고도 불린다. 대량의 경험치를 습득하여 레벨이 높아진 고블린들이 진화하는 형태 중

하나이다.

*드롭 아이템 : 하급 마정석, [F-] 흑마법 서적, 빛나는 루비 원석, [F-] 고블린 주술사의 장갑, [F-] 고블린 주술사의 부츠, [F-] 고블린 주술사의 가리개, [F] 각성의 보석.

*감정인 : [초보 그림자] 김수정.

높은 랭크의 정예 몬스터였다.

1차 웨이브 때는 분명히 정예 몬스터는 등장하지 않는다. 게다가 보통 정예 몬스터가 아니었다. 고블린 던전의 깊숙한 곳에서나 나오는 몬스터였다. 저 정도의 랭크와 레벨이 되기 위해서는 막대한 경험치를 필요로 할 것이다. 신성의 기억이 틀릴 리가 없었다.

'사람을 먹고 진화한 것이군.'

플레이어가 몬스터를 잡으면 레벨 업을 하는 것처럼 고블린들이 인간들을 먹고 레벨 업을 한 것이다.

15레벨을 넘어서며 고블린에서 고블린 주술사로 진화한 것이 분명했다. 얼마나 많은 사람이 고블린 주술사에게 잡아먹혔는지 계산조차 되지 않았다.

이것은 무척이나 경계해야 할 일이었다. 이렇게 사람들을 지속적으로 먹으며 레벨을 올린다면 보스급 몬스터가 될 수도 있었다.

신성은 신중하게 고블린 주술사를 관찰했다.

고블린 주술사 역시 술에 취해 비틀거리고 있었다.

'기회다.'

천운이 따르고 있었다. 고블린들을 정리할 기회였다. 이런 기회는 흔치 않을 것이다.

'주둔지를 정리할 수 있겠어. 고블린 주술사가 문제인데……'

가장 까다로운 상대였다.

신성의 스텟이 무척이나 높다고는 하지만 고블린 주술사는 [F]랭크가 달려 있는 정예 몬스터였다.

스텟 자체가 일반 고블린들과는 차원이 달랐다. 보통 동일 레벨의 파티가 시간을 들여 잡는 존재가 바로 정예 몬스터였다. 고블린 전사였다면 해볼 만하겠지만 마법 방어력이 없는 현 상태에서는 치명적이었다.

마법 저항력이 낮은 초보자들에게는 가장 큰 대미지를 입힐 수 있는 몬스터가 바로 마법사 계열의 몬스터였다. 탱커들이 들고 있는 방패조차 마법 저항력이 낮을 것이다. 아직 초보였으니 말이다.

신성은 모닥불과 떨어진 곳에서 졸고 있는 두 고블린을 바라보았다. 놈들 중 하나를 가리키자 김수정이 고개를 끄덕이고는 모습을 감추었다.

스릉!

신성은 조용히 검을 뽑으며 불빛을 피해 고블린에게로 다가갔다.

두 고블린은 서로 약간 거리를 두고 졸고 있었는데 목에 뿔피리를 두르고 있었다. 술에 취하지 않았더라면 이렇게 가까이 다가가는 것은 불가능했을 것이다.

저런 고블린 보초들은 탐지 스킬을 지니고 있었다.

신성이 손짓하자 김수정이 고블린 하나를 향해 단검을 던졌다.

휘이이익! 푸욱!

단검이 정확히 고블린의 심장에 박히며 고블린이 즉사했다.

"구욱?"

단검이 박히는 소리에 옆에 있던 고블린이 눈을 뜰 때였다. 신성의 검이 그대로 고블린의 목을 가르며 지나갔다. 검이 잠깐 모닥불 빛에 반짝했지만 다행히 누구도 눈치채지 못했다.

스르륵!

고블린들이 연기가 되어 사라졌다. 깔끔한 공격이었다. 신성은 드롭된 아이템을 빠르게 주운 다음 뒤로 물러났다. 긴 숨을 내쉬며 상황을 주시하자 긴장감에 온몸을 달아올랐다. 그러나 신성의 이성은 차갑게 유지되고 있었다.

"파티장님, 숫자가 많지만 해볼 만할 것 같습니다."

"아직은 좀 더 기다리는 것이 좋겠습니다. 고블린들과 함께 고블린 주술사를 정면에서 상대할 수는 없으니까요."

"알겠습니다."

아주 작은, 마치 숨결과도 같은 대화였다.

신성과 김수정은 흩어지며 몸을 숨겼다. 아직 날이 밝으려면 시간이 있었다. 전투를 피하는 것이 좋았지만 주둔지를 제거할 수 있는 절호의 기회였다.

2차 웨이브 때 고블린들이 주둔지를 통과하게 된다면 전력이 한층 강화될 것이다. 최대한 신중하게 고블린들을 하나하나 제거할 생각이다.

'고블린 주술사가 문제야.'

고블린 주술사만 없다면 이기고도 남을 싸움이다.

신성은 고블린 주술사의 이동 경로를 자세히 관찰했다. 고블린 주술사는 술병을 들고 계속해서 들이켜다가 비틀거리며 모닥불 사이를 걸었다.

"키엑?"

"키키킥."

비틀거리는 고블린 주술사를 멍한 눈빛으로 바라보던 고블린들이 기괴한 소리를 내며 웃었다. 고블린 주술사는 얼굴을 찌푸리더니 들고 있던 책으로 고블린들의 머리를 갈겼다.

"캐액!"

"키익!"

단번에 고블린들이 기절해 버렸다. 고블린 주술사라는 이름을 달고 있었지만 근력 스텟은 고블린보다 뛰어났다. 그것이 바로 정예 몬스터의 강함이다.

고블린 주술사가 모닥불을 지나쳐 신성이 있는 곳으로 다가왔다.

신성은 자세를 낮추며 검을 꽉 움켜쥐고는 고블린 주술사의 행동을 주시했다.

"쿠륵? 크⋯⋯."

기둥 뒤에서 몸을 낮추고 있는 신성의 바로 앞에서 고블린 주술사가 멈췄다. 코를 몇 번 킁킁거리더니 주변을 두리번거렸다. 고블린과는 다른 냄새를 맡은 것이다.

고블린의 숨결은 지독했다. 온갖 오물을 섞어놓은 냄새가 났다. 드래고니안이 되면서 오감이 크게 발달한 신성이었기에 더욱 괴로웠다. 헛구역질이 치밀었다.

"읍⋯⋯."

절로 나오는 헛구역질에 입을 한 손으로 막았다. 고블린 주술사가 들었는지 고개를 갸웃거리며 주변을 살펴보기 시작했다.

신성은 간신히 숨을 참으며 그대로 움직이지 않았다. 그것을 지켜보던 김수정은 당장에라도 습격할 수 있게 준비하고 있었다.

"크르르륵!"

그때 고블린 주술사가 갑자기 배를 움켜잡더니 뒤뚱거리는 걸음으로 빠르게 안쪽으로 사라졌다. 먹은 것이 탈이 난 모양이다. 살짝 지렸는지 바닥에는 고블린의 분비물이 가득했다.

아르케디아 온라인에서 봤을 때보다 훨씬 더 더러웠다. 그 더러움마저 설정에 맞추어 현실화된 모양이다.

고블린 주술사는 상당히 멀리까지 뒤뚱뒤뚱 뛰어갔다. 거의 역 끝에 이르더니 그대로 철퍼덕 쓰러졌다.

바지에 그대로 싸버린 오물이 생생하게 보인다. 고블린 주술사는 넘어진 그대로 움직이지 않았다.

잠이 든 것 같았다.

고블린 주술사 역시 술에 잔뜩 취한 상태였던 것이다.

"후우."

신성은 참고 있던 숨을 내쉬었다.

'차라리 전투가 낫겠군.'

맞은편에 숨어 있던 김수정이 살짝 미소를 지으며 엄지손가락을 치켜들었다.

고블린 주술사가 잠이 든 지금이 가장 좋은 찬스였다.

거리도 제법 떨어져 있어 조금 소란이 일어나도 알아차리지 못할 것이다.

일단 이 대 일의 구도가 만들어지는 것이 중요했다.

괜히 먼저 고블린 주술사를 건드려 깨우는 것보다도 고블린들을 정리한 다음 전략적으로 상대하는 것이 옳았다.

정예 몬스터의 내구는 대단히 뛰어나서 한 번에 목숨을 끊기는 어려웠다. 중간 보스라고 불릴 만큼 여러 버프 계열의 스킬을 지니고 있었다. 자신의 부하에게 힐까지 가능한 몬스터였다.

혹시라도 술에 취한 와중에 고블린들을 향해 버프 마법이라도 걸면 곤란한 상황이 발생할 수도 있었다. 암흑 마법 계열에 속한 버프 마법은 몬스터에게는 그 효과가 상당히 크기 때문이다.

그렇게 되면 고블린 주술사와 파워 업 된 고블린들을 동시에 상대해야만 한다.

술에 취했다고 하더라도 광폭화에 걸리게 되면 답이 없는 상황에 처할 수도 있었다. 도망치지도 못할 상황까지 올 수도 있었다.

'최대한 안전하게 간다. 시간은 충분할 거야.'

고블린의 숫자가 열이 었다. 이 근방에 흩어져 있던 고블린이 다 모인 것 같았다. 모두가 술에 취해 몸을 제대로 가누지 못하고 있었다.

스릉!

신성은 조용히 검을 뽑아 들었다.

술에 취해 있는 고블린들은 좋은 먹잇감이었다.

무기마저 없는 고블린들을 죽이는 것은 무척이나 쉬운 일일 것이다.

신성과 눈빛이 마주친 김수정이 고개를 끄덕인 순간 신성이 먼저 고블린들을 향해 달려들었다.

"배쉬."

순식간에 모닥불 근처에 도달해 배쉬를 시전했다. 검을 위에서 아래로 내려치자 뻗어 나가는 검풍이 술에 취해 해롱거리는 고블린들을 휩쓸었다.

50이 넘는 근력에서 뿜어져 나오는 배쉬는 강력했다.

고블린의 내구로는 버틸 수 없을 정도였다. 가죽 방어구를 입고 있었으나 순식간에 육체가 찢겨지며 사방으로 튕겨 나갔다.

"케에⋯⋯."

일어나 비틀거리면서도 비명을 지르려던 고블린의 심장에 김수정의 단검이 박혀들었다. 단검을 던져 고블린을 처리한 김수정은 빠르게 달려들어 단검을 회수한 다음 신성 옆에 있는 고블린의 목을 땄다.

신성은 몸을 회전시키며 김수정 쪽으로 검을 휘둘렀다. 김수정이 허리를 굽혀 피하자 멍하니 서 있던 고블린의 허리가 갈라져 버렸다.

술 때문에 비틀거리던 고블린들이 어떻게든 무기를 잡으려 하는 것이 보인다.

"파티장님!"

김수정이 신성을 바라보며 외치자 신성은 빠르게 허리를 비틀었다. 김수정의 단검이 신성의 옆으로 아슬아슬하게 스쳐 지나가며 고블린의 목에 박혔다.

"하앗!"

신성은 그대로 단검이 목에 박힌 고블린에게 달려들어 단번에 정수리부터 사타구니까지 갈라 버렸다.

고블린이 연기가 되며 사라지자 떨어지는 김수정의 단검을 다른 손으로 낚아챘다.

휘익!

그대로 뒤를 향해 던졌다.

김수정은 손을 뻗어 날아오는 단검을 낚아채고는 옆에 있는 고블린의 머리에 단검을 던졌다.

이마에 단검이 박힌 고블린이 몸을 부르르 떨다가 그대로 연기가 되어 사라졌다. 말은 하지는 않았지만 감각적으로 팀워크가 맞춰지고 있었다.

"나이스 패스입니다."

김수정의 웃음기가 서려 있는 말이다.

김수정은 고블린이 휘둘러 오는 몽둥이를 앞으로 구르며 피했다. 그러며 바닥에 있는 자신의 단검을 회수하고는 빠르게 전투 자세를 잡았다.

휘익!

김수정의 곁을 스쳐 지나가며 신성이 달려들었다. 안정된 자세에서 발휘되는 찌르기 공격이 고블린의 가슴을 때리며 그대로 고블린을 뒤로 튕겨 나가게 만들었다. 튕겨 나가 벽에 부딪친 고블린은 피떡이 되며 바닥에 떨어졌다.

검을 울리는 짜릿한 진동이 느껴졌다.

신성은 그 느낌이 나쁘지 않다고 생각했다.

"키에?"

"키……?"

신성과 김수정은 나란히 서며 고블린들을 바라보았다. 마치 상태 이상이 걸린 듯이 비틀거리는 고블린들에게서는 전혀 위협이 느껴지지 않았다. 게다가 그간 스킬 포인트를 투자해 스킬 랭크가 높아진 전투 기술은 대단히 유용하게 작용하고 있었다.

"쉽군요. 우리는 꽤나 합이 잘 맞는 것 같습니다, 파티장님."

"방심하지 말고 빠르게 처리합시다."

"알겠습니다."

고블린 다섯 마리가 비틀거리면서 다가왔다. 눈이 풀려 있고 침을 질질 흘리고 있었다. 날카로운 날붙이를 들고 있기는 했지만 제대로 들지도 못하고 있다.

김수정의 단검을 회전시키며 역수로 잡았다. 그녀에게서 살짝 흥분한 기색이 엿보인다. 전투를 즐겨하는 다크엘프의 특성이 그대로 적용되었기 때문이다.

김수정은 홍조가 서린 얼굴로 고블린들을 바라보다가 입을 떼었다.

"후후, 저놈들, 숙취로 고생하겠군요."

"다음날에 일어날 수 있다면 말이지요."

"그럴 일은 없겠네요."

신성이 먼저 양손으로 검을 잡으며 고블린을 향해 달려들었다.

몸에 익은 세이프리 하급 검술이 자연스럽게 펼쳐지며 고블린이 휘둘러 오는 날붙이들을 쳐냈다. 그 자리에서 바로 몸을 회전시키며 두 마리를 한꺼번에 베었다.

고블린이 깊은 상처를 입자 몸부림치기 시작했다. 크게 점프한 김수정이 날뛰는 고블린의 정수리에 단검을 박아 넣고는 그대로 옆으로 점프해 고블린의 머리를 두 무릎으로 잡았다.

콰득!

김수정이 허리를 강하게 비틀자 고블린의 목뼈가 그대로 박살 나며 연기가 되어 사라졌다. 신성은 공중에 검을 휘두르며 묻은 피를 털어냈다. 남은 고블린 세 마리가 이제 슬슬 술이 깨는지 무기를 제대로 들었지만 상황은 이미 늦어버렸다.

"키에에엑!"

"캐액!"

"키이이이!"

배가 터질 것 같이 부풀어 오른 고블린들은 절로 혐오감이 들게 만들었다. 신성의 눈빛이 날카롭게 빛났다. 황금빛 눈동자가 고블린들에게 향하자 고블린들이 움찔거리면서 주춤거렸다. 존재 그 자체에서 나오는 위압감이 고블린들을 휘감은 것이다.

신성은 겁먹은 고블린을 봐줄 생각이 없었다. 신성과 김수정이 동시에 달려들었다. 신성의 검을 위에서 아래로 휘두르자 고블린이 다급히 날붙이를 들어 올리며 막았다.

퍼억!

그러나 날붙이를 갈라 버리며 그대로 고블린의 머리가 쪼개졌다. 옆에서 고블린이 둔기를 휘둘러 왔다. 신성은 살짝 옆으로 피하며 고블린의 목을 손으로 움켜잡았다.

"케에⋯⋯."

고블린이 신성의 손에 들리며 버둥거렸다. 상당한 무게가 나가는 고블린이었지만 너무나 가볍게 들렸다.

퍼억!

그대로 고블린을 바닥에 찍어버렸다. 온 힘을 담아 찍었기에 고블린의 온몸의 뼈가 그대로 아작 났다. 몸을 부르르 떠는 고블린을 바라보다가 그대로 머리를 밟아버렸다.

김수정이 마지막 남은 고블린을 처리했다.

"매번 느끼는 거지만 대단한 근력이군요."

김수정이 감탄하며 내뱉은 말에 신성은 그저 살짝 웃음을 보였다.

김수정은 신성이 휴먼이 아닐 것이라 생각했다. 휴먼이라 보기에는 그의 외모가 너무나 환상적이었다.

상위 종족 중에는 발견되지 않은 많은 종족이 있으니 그것들 중 하나라 생각했다. 아르케디아 온라인에서는 일명 히든 피스라 불리는 것들이 많으니 별로 이상한 일은 아니었다.

김수정이 드롭된 아이템 중에 하나를 들어 보였다. 아이템이 반짝이는 것을 보니 분명히 보통 아이템은 아니었다.

"레어 아이템인데… 고블린의 꼭지 가리개?"

중요 부위만 겨우 가릴 수 있는 복장으로 낡은 천으로 되어 있었는데 여성 전용이다.

[F] 고블린의 꼭지 가리개(레어, 여성 전용)

중요 부위만 가릴 수 있는 가리개. 꽤나 정성 들여 만들어서 인지 보통 가죽 갑옷보다 방어력이 좋다. 누가 만들었는지는 알 수 없으나 좋은 취미를 가지고 있는 것은 확실하다.

*내구력+20

*매력+20

감정인 : [초보 그림자] 김수정.

신성은 김수정이 감정한 정보를 보았다.

무려 추가 스텟이 두 개나 달린 레어 아이템이었다. 입게 된다면 분명 지금 입고 있는 초보자 복장보다 훨씬 좋을 것 이다.

"입어보는 것이 어떻습니까?"

"보고 싶으십니까?"

"뭐, 부정은 하지 않겠습니다만……."

"생각해 보겠습니다. 나중에 단둘이 있을 때 보여드리지 요."

김수정이 피식 웃으면서 인벤토리에 아이템을 넣을 때였다. 어두운 터널 쪽에서 마력의 기척이 느껴졌다. 무언가 술식이 새겨지고 있는 것이 신성의 눈에 또렷하게 보였다.

신성의 눈동자가 점차 커졌다. 그는 다급히 김수정에게 손을 뻗었다.

"피해!"

먼 거리에서 검은 화살이 김수정의 심장을 노리고 있었다. 신성의 눈에는 그 궤적이 너무나 선명히 보였다. 마력의 흐름이 보여 화살이 향하는 목적지를 알 수 있었다.

김수정의 몸을 잡아당기는 순간이다.

퍼억!

김수정의 몸이 뒤로 튕겨 나가며 벽에 부딪쳤다.

"이런……!"

신성은 다급히 김수정에게 다가갔다. 벽에 부딪친 김수정은 몸을 일으키려 했지만 일어나지 못하고 있었다. 신성이 당긴 덕분에 심장에 적중하는 것은 면했지만 가슴 부근에 커다란 구멍이 뚫려 버렸다.

적중한 것은 바로 암흑 마법이었다.

"크흑!"

상처가 심각했다.

김수정이 피를 한 움큼 토해냈다. 벽에 부딪치면서 내장마저 상한 것 같았다.

"파, 파티장님, 뒤, 뒤에……."

신성은 김수정을 안아 들고 뒤를 바라보았다. 강렬한 존재감이 느껴졌다. 모닥불이 요동치고 먼지가 소용돌이가 되어 사방에 휘날렸다. 어둠 속에서 등장한 것은 분노로 물들어 있는 고블린 주술사였다.

고블린 주술사는 정예 몬스터다운 기세를 보여주고 있었다. 사람을 먹어 15레벨에 이른 고블린 주술사는 보통 정예 몬스터보다 강력한 힘을 지니고 있을 것이다.

'도대체 어떻게?'

이 정도의 거리에서 마법을 날릴 것이라고는 예상하지 못했다.

고블린 주술사는 분명 다른 고블린들과 같이 취한 상태였기 때문이다. 고블린들을 모두 처리한 지금 설령 고블린 주술사가 깨어나 접근하더라도 신중히 상대한다면 이겨낼 수 있을 거라 생각했다.

술에 취한 것까지 감안한다면 승산은 충분히 있었기 때문이다.

'마력 때문인가?'

신성의 눈에 고블린 주술사의 몸에서 감돌고 있는 마력이 보였다.

마력이 몸속의 술을 분해해 버린 것 같았다. 게다가 오물을 싼 것 역시 유효했으리라.

'저건……'

신성의 눈에 고블린 주술사의 목에서 붉은빛을 내며 빛나는 것이 보였다. 요란하게 진동하며 빛을 내는 저것은 알람 마법이 걸려 있는 목걸이인 것 같았다.

'알람 마법… 마법 도구를 만들었다고? 게임에서는 그런 일이 없었는데…….'

신성은 그제야 주변에서 흐르는 희미한 파장을 볼 수 있었다. 주둔지를 습격할 때는 알람 마법을 제거하는 것이 우선이었다. 하나 그것은 초반 레벨이 아닌 곳에서나 해야 하는 일이지 고블린들과 싸울 때 신경 쓸 일은 아니었다.

'단순히 게임과 똑같으리라 예상한 건… 내 실수다. 몬스터 역시 생각하고 움직이는 놈들이야.'

변명의 여지가 있어도 이것은 되돌릴 수 없는 신성의 명백한 실수였다. 술에 취한 고블린을 보자 방심했다고 봐도 무방했다. 그나마 고블린을 모두 처리한 덕분에 최악의 상황은 면한 것이 다행이었다.

신성의 얼굴이 잔뜩 일그러졌다.

무너진 자존심을 떠나 이런 상황을 만든 자신에게 화가 났다. 게임과 다른 현실 앞에 모든 몬스터를 잡은 전 서버 랭킹 1위의 이름값이 무의미했다.

"크윽……."

신성은 자신의 품에서 몸을 떠는 김수정을 바라보았다. 얼굴이 고통에 일그러져 있다. 가슴 부근에서는 붉은 안개가 계속해서 치솟으며 생명력을 소진시키고 있었다. 상처가 너무 심했다. 지금 당장 힐러가 있다면 회복될 수 있겠지만 지금은 힐러는커녕 눈앞에 정예 몬스터가 있었다.

"키에에에엑! 죽인다! 인간! 엘프!"

고블린 주술사가 책을 치켜들었다. 그러자 주변에 마법진이 새겨지며 검은 화살들이 떠올랐다. 암흑 마법 중에 가장 기초적인 마법인 암흑 화살이었다.

"크에에에!"

고블린 주술사가 비명을 지르는 순간, 암흑 화살들이 신성을 향해 쏟아져 내렸다. 신성은 그것을 눈으로 주시하며 빠르게 뒤로 빠졌다. 그가 지닌 드래곤의 눈으로 마력의 흐름이 보였기 때문에 공격 루트가 예상되었다.

신성은 김수정을 안은 채로 바닥을 구르며 쏘아져 오는 암흑 화살을 피했다.

스릉! 타앙!

빠르게 검을 뽑은 다음 암흑 화살을 막았지만 강력한 위력에 몸이 붕 떠 뒤로 밀려났다. 스텟이 부족했다면 검을 놓쳤을 것이다.

애초부터 이런 식으로 정예 몬스터의 공격 마법을 정면에서 막은 것이 말이 안 되는 일이었다. 레벨 차이가 너무 났다. 신성의 초월적인 스텟이 아니었다면 그는 이미 그 자리에서 죽었을 것이다.

"저, 저를 놔, 놔두시고… 쿨럭… 도망……."

신성은 김수정의 말에 대답하지 않고 빠르게 옆으로 피했다.

콰앙!

바닥이 박살 나며 치솟았다. 굉장한 위력이다.

저런 것에 직격 당했다가는 단번에 전투 불능 상태에 빠질 것이다. 어째서 정예 몬스터를 파티 단위로 잡아야만 하는지 알 수 있는 대목이다.

술에 취한 기색은 없었다. 최강의 전력을 발휘할 수 있는 상태로 보였다.

신성은 치솟는 먼지에 고블린 주술사의 시야가 가려지는 것을 보자마자 기둥 너머로 몸을 숨겼다. 신성을 놓친 고블린 주술사는 광기에 물든 울부짖음을 내뱉으며 주변을 마구 부수었다.

신성이 움직인다면 금방 발견할 것이다.

'안일했다. 애초에 목적대로 전투를 피해야 했어.'

술에 취한 고블린들을 쉽게 상대하고 주둔지를 없앨 수 있을 것이라 자신했다. 계속 일이 잘 풀리자 방심한 것도 있었다. 운이 자신의 편이 아닐 때도 있다는 것을 확실히 깨달았다.

이곳은 그가 정복한 게임이 아니었다.

"파티장님이… 당하시면 안 됩니다. 저는 가망이 없으니 부디… 저를 미끼로… 그, 그 정도 역할은 할 수 있습니다."

김수정의 상태는 급격히 나빠지고 있었다. 암흑 마법은 대상자의 육체를 잔인하게 파괴해 버리는 마법이었다. 얼마나 버틸 수 있을지는 모르지만 결코 긴 시간이 아니라는 것을 신성은 알고 있었다.

김수정도 그것을 알고 있었기에 신성에게 그런 말을 한 것이다.

'미끼로 버리라고?'

이대로 그녀를 버리고 도망가는 것이 현명한 판단일 것이다. 사람들을 안전지대로 데려다 주고 파티를 제대로 꾸려 고블린 주술사를 잡으면 큰 피해가 없을 것이다.

그러나 자신이 그렇게 할 수 있을까? 인생을 살아오며 늘 버림받던 자신이다. 그랬기에 버려진 고통을 누구보다도 잘 알고 있었다.

그것은 육체적인 고통보다도 더 끔찍했다. 절망 속에 던져 버리는 것과 같았다. 유일한 따스함인 그의 할머니가 없었더라면 지금의 그는 없었다.

"조금만 버티십시오."

그랬기에 신성은 그녀를 버릴 수 없었다. 머리에서 계속해서 내리고 있는 냉정한 판단을 무시하며 치솟아 오르는 감정에 따랐다.

'이래서 솔플을 했던 것인데……'

그는 피식 웃음을 내뱉었다.

정이란 것에 휘둘렸기 때문일까?

매번 손해 보는 장사를 하니 그는 솔플만을 하게 되었다. 일부러 이기적으로 플레이했다. 스스로 벽을 치고 타인을 거부한 것이다. 중2병으로 치부할 수도 있겠지만 나름 그때는 절박했다.

'나도 성장할 수 있을까? 과거와는 다른 무언가가 될 수 있을까?'

이 싸움이 끝나면 그것이 증명될 것이다.

신성은 뒤로 물러나며 기둥 뒤에 김수정을 숨겼다. 암흑 마법의 여파 때문에 몸을 부들부들 떠는 김수정에게 로브를 벗어 덮어주었다. 어차피 마법 앞에서 이런 로브 따위는 무의미했다.

"파티장님……"

"미리 말해두는데 저놈이 드롭한 아이템은 제 겁니다."

"으윽! 지금 농담할 때가……!"

"좀 쉬고 계세요."

스릉!

신성은 검을 다시 쥐며 고블린 주술사를 향해 모습을 드러냈다. 신성을 발견한 고블린 주술사가 낮게 그르렁거렸다. 신성은 고블린 주술사를 바라보며 낮게 웃었다. 피부로 느껴지는 찌릿한 살기가 그의 전신을 달궈주었다.

이런 느낌, 오랜만이다.

'용신도 솔플로 때려잡은 나다.'

그렇게 하기 위해 만든 장비와 스킬은 모두 사라졌지만 그 기억은 아직까지 남아 있었다. 보스급 몬스터도 아니었다. 고작 정예 몬스터다. 현실이 되었다고는 하나 이런 놈을 눈앞에 두고 도망을 생각한 자신이 한심하게 느껴졌다.

'아르케디아 온라인에서는 모든 보스를 잡았지. 현실도 마찬가지가 될 거야.'

비록 몬스터들이 현실처럼 변하기는 했다.

신성은 그것을 또다시 목표로 삼았다.

강해지고 또 강해질 것이다. 손에 있는 그 무엇도 잃지 않을 것이다.

다시 모든 보스를 정복하고 말 것이다.

'이게 그 시작이야.'

신성의 복잡한 생각이 단번에 사라졌다. 기이하게도 머릿속이 개운했다. 집중력이 단번에 높아지며 눈앞의 적만을 생각할 수 있게 되었다.

드래고니안의 모든 재능은 신성의 편이었다. 오로지 그를 위해서 존재했다.

신성은 검을 치켜들며 고블린 주술사를 눈에 담았다. 황금 빛 눈동자가 번뜩이자 술식의 흐름이 뚜렷하게 보이기 시작했다.

그것은 대단한 이점이었다.

몬스터를 공략할 때 제일 먼저 살펴봐야 하는 것은 공격 패턴이다. 어느 순간 공격하는지, 연격기를 넣는지, 필살기가 발동되는지 알아야 했다. 몬스터가 현실화가 된 지금 그런 것은 예측하기 힘들었지만 마법은 달랐다.

술식의 흐름을 보니 일정한 패턴이 보였다. 그렇다면 승산이 있었다.

'오른쪽!'

신성은 스텝을 밟으며 옆으로 이동했다. 그러자 방금 신성이 있던 자리에 암흑 화살이 꽂혀들었다. 신성은 고블린 주술사에게서 눈을 떼지 않으며 계속해서 이동했다.

휘이익!

고블린 주술사가 들고 있는 책에서 구현된 암흑 화살들이 빠르게 신성을 향해 날아왔다.

'왼쪽? 오른쪽?'

흐름이 보이기는 하나 완벽하게 파악된 것은 아니었다. 그것은 마치 퍼즐과도 같아서 과정을 모두 봐야만 완벽한 결과를 예측할 수 있을 것 같았다.

신성은 책 위에 새겨진 마법진의 구성을 바라보며 옆으로 몸을 던졌다.

타앙!

"크윽!"

안타깝게도 예측이 빗나갔다.

신성은 가슴에 꽂히려는 암흑 화살을 간신히 검을 들어 막았다. 신성의 몸이 공중에서 회전하며 뒤로 튕겨 나가 벽에 부딪쳤다.

휘이이익!

바닥에 쓰러지기 무섭게 암흑 화살이 날아왔다. 신성은 바닥을 구르며 암흑 화살을 피하고 정면을 향해 검을 휘둘렀다.

"마력 방출!"

머리와 가슴을 노리고 날아오는 암흑 화살들이 신성의 검에서 뿜어져 나간 마력에 의해 분해되며 사라졌다.

드래곤 하트에서 나오는 순도 높은 마력이 암흑 화살을 상쇄시킨 것이다. 마력이 텅 비어 몸이 무거워졌지만 숨을 몰아쉬자 다시 빠르게 회복되었다.

신성은 검을 치켜들며 고블린 주술사를 향해 겨누었다.

'거리를 좁혀야 해.'

고블린 주술사와의 거리는 좁혀지지 않고 있었다.

고블린 주술사는 영리하게도 거리를 허용하지 않았다.

신성은 뒤를 힐끔 바라보았다. 김수정이 바닥에 쓰러진 채로 자신을 바라보고 있다.

초점이 사라져 가는 그녀의 눈동자가 보인다.

'시간이 없어. 도박은 내 스타일이 아니지만……'

암흑 화살의 마법식은 대략 파악이 되었으나 완벽한 것은 아니었다. 시간이 제법 많이 걸릴 것이다. 김수정의 상태를 보건대 버틸 수 있는 시간은 얼마 남지 않았다.

할 수 있는 것을 하고 싶었다. 그것은 자신을 위한 일이기도 했다. 자신이 최강임을 이 자리에서 증명하고 싶었다. 게임에서 뿐만이 아니라 현실에서, 바로 이곳에서 다시 일어서기 위해서 말이다.

"후우."

신성은 심호흡을 하며 고블린 주술사를 바라보았다.

고블린 주술사는 기괴한 울음소리를 내뱉으며 마법책을 들었다. 여러 발의 암흑 화살이 마법책 위에 떠오르며 회전하기 시작했다.

신성은 그것들을 모두 하나하나 머릿속에 입력했다. 마력량부터 시작하여 마법 술식을 포함한 모든 것을 단번에 암기

했다. 드래고니안이 되면서 망각이 없어졌기에 모두 다 또렷하게 기억할 수 있었다.

타다다다!

공기가 박살 나는 소리와 함께 암흑 화살들이 날아왔다.

마법진의 술식에 따른 암흑 화살의 거리, 그리고 위력, 방향, 효과, 그리고 도달 지점을 예측하며 몸을 날렸다.

'옆에서 폭발!'

최대한 몸을 웅크리며 반대쪽으로 크게 몸을 던지고 바로 일어나 다시 앞으로 굴렀다. 온몸에 폭발의 여파가 있었지만 신성은 멈추지 않았다. 멈추면 당한다는 사실을 너무나 잘 알고 있었다.

타앙!

뒤에서 돌조각들이 하늘로 치솟았다. 신성은 그것에 신경 쓸 겨를이 없었다. 앞의 두 화살은 미끼와 비슷한 것이다.

'이번 공격은 제일 강력한 유도 화살……!'

고블린 주술사에게 다가가기 위해서는 튕겨내는 것이 최선이다.

찰나의 순간 신성은 고민했다. 마력 방출로 튕겨내는 것이 가장 피해가 없는 방법이지만 마력이 모두 소진되기 때문에 잠시 몸이 무거워졌다. 유도 화살 뒤에 날아오는 다른 암흑 화살에 의해 치명상을 입을 확률이 높았다.

답은 하나밖에 없었다.

신성은 바로 앞까지 다가온 암흑 화살을 보며 검을 위에서 아래로 빠르게 베었다.

"배쉬!"

검풍이 휘몰아치며 암흑 화살과 부딪쳤다. 암흑 화살이 여러 갈래로 갈라지더니 사방으로 튕겨 나갔다. 그러나 모두 다 튕겨 나간 것은 아니었다.

푸욱!

어깨로 갈라진 암흑 화살이 박혀들었다. 위력은 약해져 있어 뒤로 밀려나지는 않았다.

신성은 고통을 참아내며 바로 앞으로 달려 나갔다. 연이어 휘어져 날아오는 암흑 화살들이 그의 주변을 초토화시켰다.

고블린 주술사와의 거리가 상당히 좁혀졌다. 고블린 주술사는 움직이지 않았다. 못 움직인다는 표현이 옳을 것이다. 암흑 화살이 발사되는 도중에는 움직일 수 없었다.

그것이 약점이었다. 고블린 주술사는 이동 중에 캐스팅을 할 수 있는 소서러와 같은 전투법사가 아니었다.

'마지막!'

마지막 화살은 파악이 되지 않았다. 그렇다면 감으로 때려 맞혀야 한다. 화살의 종류, 패턴은 이미 파악해서 알고 있었다.

'폭발, 직격, 유도, 직격 화살들, 마지막은……'

유도 화살이 가장 위력이 컸다. 그러나 화살의 크기를 봐서는 그것이 아닌 것 같았다. 남은 것은 직격 화살과 폭발 화살 둘 중의 하나이다. 암흑 화살이 지척에 다다른 순간 신성은 결정해야만 했다. 만약 선택이 틀린다면 죽지는 않더라도 치명상을 입을 것이다.

직격 화살이라면 옆으로 피하면 되었지만 만약 저것이 폭발 화살이라면 그 범위가 커서 피할 수 없었다. 이미 화살과의 거리가 상당히 좁혀졌기 때문이다.

그러나 폭발의 범위가 큰 만큼 위력은 약해지기에 배쉬를 쓴다면 어느 정도 상쇄시킬 수 있을 것이다. 물론 저것이 직격 화살이라면 조각난 파편이 몸에 꽂혀 버리겠지만 말이다.

'폭발!'

폭발 화살을 선택한 진성은 빠르게 배쉬를 시전했다. 검풍이 암흑 화살에 닿는 순간 신성은 망설이지 않고 앞으로 뛰어들었다.

거리를 단번에 좁히기 위해 이번 선택에 모든 것을 건 것이다.

콰아아아앙!

'정답이야!'

배쉬와 닿자 폭발하는 화살을 본 순간 신성은 전신에 꿈틀거리는 희열을 느꼈다. 온몸을 휘감는 화끈한 열기 역시 느껴졌다.

폭발의 여파로 팔다리에 화상이 생겼지만 신성은 그것에 신경 쓸 틈이 없었다. 바로 눈앞에 고블린 주술사가 있었기 때문이다.

더 이상 거리는 고블린 주술사의 편이 아니었다. 신성은 놈이 마법을 쓰게 놔두지 않을 것이다.

"키, 키에에에!"

고블린 주술사는 당황하며 마법책을 신성을 향해 휘둘렀다.

강한 근력이 담겨 있었지만 뻔한 패턴이다. 신성은 앞으로 슬라이딩하며 마법책을 피한 다음 그대로 힘 있게 고블린의 손을 향해 검을 휘둘렀다.

"배쉬!"

배쉬가 발동되며 고블린의 손이 반쯤 베어졌다. 신성은 곧바로 앞으로 파고들며 다시 한 번 온 힘을 담아 손을 향해 검을 휘둘렀다.

서걱!

마법책이 들린 고블린의 손이 잘려 나가며 바닥에 떨어졌다.

"키에에엑!"

고블린이 절단면을 부여잡고 뒤로 물러났다.

신성은 거친 호흡을 내뱉으며 검을 두 손으로 잡았다. 이제 더 이상 마법은 쓸 수 없을 것이다.

바닥에 떨어진 손은 연기로 변해 사라졌지만 마법책은 검은 기류에 휩싸여 바닥에 그대로 남아 있었다. 아르케디아 온라인에서는 몬스터에게서 파츠를 분리시키면 간혹 저렇게 아이템으로서 필드에 남기도 했다.

"죽인다! 죽인다!"

고블린 주술사가 허리춤에 있는 몽둥이를 들고 신성을 향해 달려들었다.

고통 때문에 이성을 잃고 있었다. 신성과는 대조적인 모습이다.

신성은 침착하게 황금빛으로 일렁이는 눈동자로 고블린 주술사를 바라보았다.

'방심해서는 안 돼.'

적이 궁지에 몰린 지금이 가장 큰 저력을 발휘하는 시간이다.

콰앙!

신성은 고블린 주술사의 몽둥이를 검을 들어 신중하게 막았다. 고블린 주술사는 믿을 수 없다는 듯 신성을 바라보았다. 자신이 힘에서 밀리며 뒤로 밀려났기 때문이다.

근력 스텟은 신성이 확실히 앞서고 있었다.

드래고니안의 스킬이 있는 신성은 그야말로 스텟 깡패였다. 레벨 차이를 스텟으로 커버할 수 있었다.

마법적인 우위가 없는 지금이라면 신성이 질 이유가 없었다.

'힘이 빠진다.'

그러나 시간을 끌면 불리한 것은 신성이었다.

암흑 화살에 당한 상처가 점점 심해지고 있었다. 그것이 암흑 마법의 가장 무서운 점이었다. 높은 파괴력과 사악한 효과는 암흑 마법의 전매특허였다. 때문에 많은 유저들이 암흑 마법을 익히려고 노력했지만 많은 너무나 많은 마법 술식이 필요했기에 제대로 익힌 자는 좀처럼 찾아볼 수 없었다.

'한 번에 틈을 노려 결정타를 먹여야 해.'

신성은 빠르게 승부를 봐야 할 필요성을 느꼈다.

"죽인다! 크아아아!"

신성의 눈동자에 흉흉한 기운이 감돌았다.

고블린 주술사가 마구잡이로 휘두르기 시작했다. 고블린 주술사의 눈은 붉은빛을 내고 있었는데 이성을 잃는 대신 높은 파괴력을 부여해 주는 광폭화 스킬이었다.

타앙! 탕!

신성은 공격을 포기하며 묵직한 힘이 담긴 몽둥이를 막아냈다. 신성의 눈빛에는 이글거리는 황금빛 기류가 서려 있었다. 그는 지금 틈을 노리고 있었다.

'지금!'

몽둥이를 막아낸 신성은 타이밍을 노리다가 한순간에 힘을 담아 몽둥이를 튕겨냈다. 고블린 주술사의 팔이 몽둥이와 함께 뒤로 젖혀지면서 몸이 휘청거렸다.

최고의 기회였다.

"마력 방출!"

가득 찬 신성의 마력이 한순간에 방출되며 고블린 주술사의 몸을 그대로 관통하며 지나갔다. 고블린 주술사가 시간이 멈춘 것처럼 정지했다. 신성 역시 검을 앞으로 뻗고 가만히 서 있었다.

"키, 키이익!"

고블린 주술사가 비틀거리면서 무릎을 꿇었다. 마력 방출을 정면에서 맞아 큰 상처가 생겼음에도 목숨이 끊어지지 않고 있었다. 시간이 지난다면 고블린 주술사는 다시 회복할 것이다. 그것이 정예 몬스터가 가지는 회복력이다.

신성은 숨을 몰아쉬며 검을 들어 고블린 주술사의 목에 겨누었다.

"키, 키,.키에에! 사, 살려줘!"

고블린 주술사는 인간의 언어로 신성에게 목숨을 구걸했

다. 신성의 차가운 눈빛을 본 순간 고블린 주술사의 몸이 덜
덜 떨리기 시작했다.

그저 간단한 AI이던 과거와는 달리 확실히 지능을 지니고
있었다. 신성은 당연히 고블린 주술사를 살려둘 생각이 없었
다.

"배쉬!"

신성은 망설임 없이 고블린 주술사에게 배쉬를 시전했다.
근거리에서 시전되는 배쉬의 위력은 대단히 강력했다. 검풍이
고블린 주술사의 몸을 훑고 지나가자 피가 사방으로 튀었다.

"배쉬!"

신성은 고블린 주술사의 목숨이 끊어질 때까지 배쉬를 시
전했다.

"키, 키엑……."

퍼석!

마지막 배쉬가 작렬하자 단말마의 비명만을 남긴 채 고블
린 주술사의 몸이 그대로 터져 버렸다.

CHAPTER 5
옳은 일에 대한 보상

그 모습을 본 신성은 검을 바닥에 꽂고 그대로 무릎을 꿇었다.

"하아, 하아!"

숨이 턱밑까지 치솟아 올랐다. 팔을 바라보니 암흑 화살이 일으킨 폭발에 당한 상처가 가득했다. 상처 부위는 검게 물들어 있었다.

"하하, 어쨌든 이겼네."

꼴이 말이 아니었지만 웃음이 절로 나왔다.

[최초로 정예 몬스터 공략에 성공하였습니다.]
보상 : 1000 EXP UP!

[최초로 지하철 고블린 주둔지 공략에 성공하였습니다.]
보상 : 1500C 획득!

[칭호 획득!]
[F] 고블린 슬레이어
*행운 +25

[고블린 처치]
120EXP×15 UP
1P×15 UP

[고블린 정예 처치]
800EXP UP
50P UP

　팔찌를 가득 채운 문구가 보인다. 레벨이 오른 것이 확실했
지만 지금은 그것에 신경 쓸 겨를이 없었다. 신성은 비틀거리
며 일어나 김수정을 향해 다가갔다. 김수정은 숨을 헐떡이며

신성을 향해 겨우 웃어 보였다.

그녀는 호흡하는 것조차 힘든지 숨을 헐떡이고 있었다.

"파티… 장님."

"조금 아플 겁니다."

"으윽!"

신성은 그녀를 안아 들었다. 그녀의 상태는 상당히 나빴다. 힐러들이 있는 곳까지 도달하기 전에 숨을 거둘 것 같았다. 신성 역시 큰 부상을 입었기에 속도가 제대로 나지 않을 것이다. 그녀도 그것을 아는지 신성을 바라보며 고개를 저었다.

"그래도 제법… 재미있었죠?"

"…물론입니다."

"좀 더… 사냥… 하고 싶었는데."

"하실 수 있을 겁니다. 분명."

신성의 얼굴이 굳어졌다. 무언가 방법이 없는지 계속 생각해 봤지만 결과는 똑같았다.

이 지하철을 벗어나기 전에 그녀는 죽을 것이다.

신성은 이를 악물었다. 노력해도 할 수 없는 것이 있다는 현실에 너무나 화가 났다.

[고블린 주둔지가 사라집니다.]

팔찌에 올라와 있는 문구를 보는 순간 무언가 머릿속을 스치고 지나갔다.

"고블린 상점!"

신성이 외쳤다.

고블린 주둔지를 제거하게 되면 일정한 확률로 고블린 상점이 모습을 드러낸다. 고블린 중에서는 인간에게 우호적인 존재도 있었는데 주둔지가 사라질 때마다 그들이 짐을 들고 나타나 물건을 파는 것이다.

몇 분 정도밖에 모습을 드러내지 않고 나타날 확률도 많지 않았지만 신성은 나타나리라 확신했다.

최초로 고블린 주둔지를 없앤 것이다. 그 정도 특전은 분명 있을 것이다. 아르케디아 온라인은 최초에 대한 특전을 넉넉하게 주기로 유명했다.

"있어라. 제발 있어라. 있어야 돼. 꼭."

신성은 그녀를 안아 들고 고블린 주둔지를 향해 걸었다. 주변을 살펴보던 신성의 입가에 미소가 떠올랐다. 절로 주먹이 불끈 쥐어졌다.

"있다!"

모닥불 옆에 고블린 한 마리가 돗자리를 펴고 앉아서 졸고 있었다. 신성이 다가가자 고블린이 화들짝 놀라며 잠에서 깼다. 일반적인 고블린과는 달랐는데, 좀 더 청결해 보이고 좋은 옷을 입고 있었다. 초록색 옷이 제법 잘 어울렸다.

"오! 하이! 헬로우?"

고블린이 익살스러운 목소리로 손을 흔들며 말했다.

"와우! 나 완전 흥분했어! 여기 완전 새로워! 휴먼족의 수도야? 아니, 아니지! 긴 터널이 있으니 아마도… 전설로만 전해지는 다크엘프족의 왕국? 와우! 죽이는데?"

고블린은 상당히 말이 많았다. 게임에서 듣던 것보다 훨씬 생동감이 넘쳤다. 이 고블린 역시 하나의 생명이다. 너무나 뚜렷한 성격을 가지고 있었다.

"아앗! 다크엘프 누님이 아프잖아! 어서 회복시켜!"

신성이 뭐라 말하기도 전에 고블린이 포션 하나를 건넸다. 신성은 포션을 받자마자 빠르게 뚜껑을 딴 다음 김수정의 상처 부위에 부었다.

치이이익!

상처 부위에서 검은 연기가 치솟았다. 상처가 서서히 아무는 것이 보인다. 김수정의 얼굴에도 핏기가 돌아오기 시작했다. 신성은 위기를 넘겼음을 직감했다. 죽음의 문턱에서 그녀가 살아 돌아온 것이다.

신성은 김수정의 입가에 포션을 흘려 넣어주었다.

"으, 으윽! 쓰!"

김수정이 인상을 잔뜩 찌푸리며 말했다.

"캬하하하! 고블린 특제 포션이라구! 엄청나게 써서 엘프의 얼굴도 고블린 같아지지! 쓴 게 건강에 좋다고 하잖아? 히히히! 그래서 일부러 그렇게 만들었지!"

고블린은 김수정의 반응에 신이 난 모양이다.

김수정은 지끈거리는 머리를 감싸 쥐며 긴 숨을 내쉬었다. 상처가 워낙 심해 전부 회복된 것은 아니었지만 충분히 움직일 수 있는 수준으로 회복된 것으로 보였다. 신성은 겨우 안심하며 깊은 숨을 내쉬었다.

'상당한 고급 포션인데?'

신성은 자신의 손에 들린 포션을 바라보았다. 그 정도 상처를 회복시킨 것을 보니 확실히 상등품이었다. 분명 적지 않은 값이 나갈 것이다.

신성은 고블린을 바라보며 입을 떼었다.

"이거 그냥 줘도 괜찮은 겁니까?"

"으히히! 형씨, 괜찮아, 괜찮아! 생명을 구하는 일이잖아? 게다가 예쁜 엘프는 많으면 많을수록 좋지! 왜냐면 엘프들은 마음도 고아서 우리 고블린도 차별하지 않거든! 다크엘프도 마찬가지지! 킁킁! 근데 형씨는……."

신성에게 고개를 들이대고 냄새를 맡은 고블린이 고개를 갸웃했다. 아무리 맡아봐도 자신이 아는 냄새가 아니었기 때문이다.

"휴먼족 냄새가 아닌데? 와우! 무슨 종족인지는 모르지만 완전 멋지다! 살가죽이 떨릴 정도로 대단해! 캬하하! 새로운 곳! 새로운 인연! 새로운 종족! 기분 째진다! 이 이야기를 내 자서전에 남길 거야! 후대에 길이길이 전해지겠지!"

고블린은 벌떡 일어나 두 팔을 크게 올렸다. 신성은 피식 웃으며 남은 포션을 마셨다. 지독한 쓴맛이 절로 얼굴을 찌푸리게 만들었다. 효과는 확실히 좋아 곧 상처가 회복되는 것이 느껴졌다.

김수정은 조심스럽게 신성의 품에서 빠져나왔다. 부끄러운지 귀가 달아올라 있다. 그녀는 신성에게 깊게 고개를 숙였다.

"파티장님, 구해주셔서 감사합니다. 정말… 저는……."

"운이 좋았네요. 일이 잘 풀려서 다행입니다."

신성이 가볍게 웃자 그녀 역시 웃음 지었다.

김수정은 고블린에게도 고개를 숙였다. 고블린은 입가를 씰룩이며 대단히 좋아했다. 그러다가 무언가 깨달은 듯 머리를 감싸 쥐었다.

"으아아! 주둔지가 사라져 간다! 혹시 사고 싶은 것이 있으면 빨리 말하라고! 날마다 오는 것이 아니야! 무려 드워프제 무기도 준비되어 있지! 히히히! 드워프 놈들에게서 몰래 훔쳐 온 거야!"

"그럼 보여주세요."

신성의 말에 고블린은 빠르게 보따리에서 무기들을 꺼냈다.

"짜잔! 골라봐! 골라봐! 이름하야 골드 고블린의 상점이시다! 형씨, 그리고 누님께 맞는 아이템을 꺼내주도록 하지!"

[F+] 레드로즈의 검(레어)

드워프 장인 아시라한이 휴먼 귀족인 레드로즈를 위해 만든 한손검. 아시라한의 손에서 만들어졌기에 예술적인 가치를 지닌다.

*근력 : +20

*민첩 : +30

가격 : 1,500C

감정자 : [골치 아픈 좀도둑] 골드 고블린

ㅡ몰래 훔친 검이야! 그래서 이만큼이나 싸게 파는 거지! 드워프 놈들에게 들키지 않게 조심하라구!

[F+] 그림자의 암살검(레어)

다크엘프들이 즐겨 쓰는 단검. 한 점의 빛조차 반사시키지 않은 어두운 검날이 특징이다. 내구가 약하지만 랭크에 비해 상당히 예리하다.

*절삭력 : +20

*민첩 : +30

가격 : 1,500C

감정자 : [예쁜 누님을 좋아하는] 골드 고블린

―예쁜 누님들에게는 그림자처럼 일렁이는 이 단검이 어울리지! '비르딕'에서 구해온 물건이야!

[??] 뽑기 상자

골드 고블린이 제작한 뽑기 상자. 무엇이 들어 있는지 알 수 없다. 모험가라면 행운을 시험해 봐야 하지 않을까?

가격 : 1,500C

제작자 : [도박가] 골드 고블린

―인생은 한 방이야! 근데 대부분 한 방에 훅 가지! 난 모르는 일이라고! 히히히!

회복 포션 같은 기본적인 아이템을 팔기도 했지만 고블린 상점의 매력은 바로 저런 아이템들이었다.

고블린이 랜덤으로 꺼내 파는 것이었는데 그것들 모두 상점에서는 제법 구하기 힘든 상품이었다. 그러나 현실화된 고블린은 친절하게도 아이템을 골라서 꺼내주었다. 고블린은 신성과 김수정에게 꽤나 높은 호감도를 가진 듯했다. 김수정이 다크엘프이고 신성은 접해본 적이 없는 새로운 종족이기 때문에 그러한 것이었다.

신성은 팔찌에 떠오른 아이템의 정보를 바라보며 고개를 끄덕였다.

'레어 무기, 지금은 필수야. 이만한 레어 무기는 세이프리에선 구할 수 없겠지.'

1500C 정도면 비싼 편이기는 하지만 지금 같은 상황에서는 사는 것이 이득이었다. 김수정도 같은 생각인 듯 망설임 없이 마력 코인을 건넸다.

신성은 뽑기 상자를 보며 잠시 고민했다. 지금 가진 마력 코인으로 모두 살 수 있기는 했다. 마력 코인의 여유가 없어지는 것이 신경 쓰였으나 신성은 사는 것이 좋겠다고 판단했다. 신성은 꽝이 나오더라도 일단 지르고 나서 후회하는 성격이었다.

'지금까지 살아 있는 것을 보면 아직 운이 남아 있는 모양이니 말이야.'

신성은 긍정적으로 생각하며 뽑기 상자를 구입했다.

"와우! 통이 참 크셔!"

꺼낸 모든 아이템이 팔리자 고블린은 신이 나는지 박수를 쳤다. 그러다가 신성의 손에 들려 있는 네모난 상자를 가리키며 입을 뗴었다.

"이 자리에서 까면 좋은 아이템이 나올 확률이 올라가지! 바로 이 골드 고블린의 주위에 있으니 말이야!"

설정인지는 모르겠지만 저 고블린 주위에는 행운을 올려주는 버프가 있다는 소문을 들은 기억이 난 신성이다.

신성은 고개를 끄덕이며 손에 들린 상자를 공중으로 던졌다. 공중으로 치솟은 상자가 갑작스럽게 멈추더니 그 자리에서 격렬하게 회전하면서 부풀어 오르기 시작했다. 그러더니 환한 빛이 사방으로 뿜어져 나왔다.

"뭐가 나올까나! 히히히!"

고블린의 말이 끝나는 순간 상자가 폭발하며 사라졌다.

공중에서 아래로 천천히 내려오는 아이템이 보였다. 빛에 감싸여 있어 잘 보이지는 않았지만 신성의 앞으로 다가올수록 형체가 뚜렷해졌다.

"이건……."

신성은 바로 아이템 정보를 확인했다.

[F+] 화염의 루비(레어)

무기 종류의 아이템에 화염 속성을 부여하는 신비한 보석. 상당히 진귀한 아이템에 해당된다.

*화염 속성으로 전환

*[F+] 화염 추가 대미지 +12%

속성 부여 보석이 나왔다. 속성 부여 보석은 낮은 랭크라 하더라도 상당히 비싼 아이템에 속했다. 상성에 따라 큰 효과를 발휘할 뿐만 아니라 추가 대미지 보정까지 받으니 아이템 자체가 완전히 달라지게 된다. 속성 공격에 약한 전사 계열에게는 속성 부여가 필수적이었다.

"오! 형씨! 운도 좋아! 그거 부러운걸!"

"다행히 쓸 만한 것이 나왔군요. 비용을 생각해 봐도 훨씬 이득일 겁니다."

고블린과 김수정이 신성을 보며 말했다.

주둔지가 사라져 가는 것을 본 고블린은 빠르게 돗자리를 회수하고는 짐을 다시 등에 메었다. 몸집보다 커다란 짐을 들고 있는 모습이 조금은 우스꽝스러웠다.

"그럼 형씨! 누님! 작별의 시간이야! 다음에 또 보자고! 모든 종족의 아군인 이 골드 고블린을 기억해 줘! 캬하하하!"

공간이 일그러지며 주둔지가 사라지자 고블린 역시 모습을 감추었다. 이제 고블린 주둔지를 정복할 때나 깊은 던전에서나 볼 수 있을 것이다.

설정 상으로는 고블린이기는 하지만 축복을 받아 정령화가 되었다고 한다. 특정한 조건을 만족한다면 고블린은 포탈을 열고 모습을 드러낼 수 있었다.

하지만 고블린이 귀찮으면 포탈을 넘지 않기 때문에 나올 확률은 역시 랜덤이다.

"갔군요."

"그렇군요."

신성과 김수정은 잠시 그 자리에 우뚝 서 있었다. 고블린 주둔지는 사라져서 이제 긴 지하철 통로만이 남아 있을 뿐이다.

"파티장님, 몸은 괜찮습니까?"

"그건 제가 물어야 할 것 같은데요."

"정말로 무사하셔서 다행입니다. 마지막에 암흑 화살이 폭발할 때는 정말 가슴이 철렁했습니다. 폭발할 것을 아셨습니까?"

"뭐… 반쯤은요."

김수정은 살짝 놀란 표정을 지었다가 로브를 벗어 신성에게 건네주었다.

"파티장님은 여러모로 대단하신 분이군요."

"진짜 대단하면 그런 짓은 하지 않았겠죠."

"파티장님을 만난 것이 저에게 있어서는 정말 행운 같습니다."

"너무 금칠하지 마시지요. 안 어울립니다."

"네, 그럼 그렇게 하겠습니다."

신성은 로브를 입으며 피식 웃었다.

김수정도 작게 웃음을 흘리며 자신의 상태를 체크했다.

김수정도 신성과 똑같이 경험치를 습득한 모양이다.

"파티장님, 잠시 포인트 투자를 하고 가는 것이 좋겠습니다. 그리고 드롭 아이템도 꽤나 있군요. 아, 부디 저는 신경쓰지 마세요."

김수정의 말에 고블린 주술사가 생각난 신성은 고블린 주술사가 죽은 자리를 바라보았다. 그곳에 아이템이 떨어져 있었다. 그것은 모두 신성의 몫이다.

김수정은 부상당한 주제에 경험치를 날름 받아먹은 것이 내심 미안한 모양이다. 다크엘프의 특성상 얼굴에 표시는 되지 않았지만 신성은 왠지 그것을 알 수 있었다.

신성은 드롭된 아이템을 향해 가느라 잘 몰랐지만 김수정은 지금도 힐끔힐끔 신성을 바라보며 눈치를 살피고 있었다. 그녀의 눈에는 미안함과는 또 다른 감정이 담겨 있었다.

"꽤나 많이 나왔군."

신성은 살짝 감탄했다. 신성이 김수정을 바라보자 김수정이 화들짝 놀라며 헛기침을 했다.

"흠흠, 요, 용건이 있으십니까?"

"이것들 좀 감정해 주실 수 있겠습니까?"

"물론입니다."

신성은 세이프리에 돌아가면 필요한 스킬들을 꼭 배울 생각이다.

갑작스럽게 오게 되어 불편한 점이 한두 가지가 아니었다. 특히 아이템 감정 스킬은 필수였다.

모험가 팔찌에 입력되어 있는 아이템 정보 외에 다른 아이템이 나오게 되면 정보를 알아볼 수 없기 때문이다.

김수정이 아이템에 손을 뻗었다. 그러며 감정이라고 외치자 아이템의 정보가 팔찌 위로 떠오르기 시작했다.

[F] 각성의 보석(레어)

F 랭크 이하의 아이템에 추가 스텟을 부여할 수 있는 보석.

스텟 하나가 달린 노멀 아이템을 레어 아이템으로 업그레이드시킬 수 있지만 추가 스텟은 랜덤으로 부여된다.

레어 아이템 이상의 등급에 스텟을 부여할 경우에는 실패 확률이 높아진다.

*추가 가능 스텟 : 근력 +20, 민첩 +20, 내구 +20, 행운 +20, 지혜 +20, 마법 저항 +20, 물리 저항 +20, 매력 +20, 인내 +20, 정력 +20, 마력 +30MP

감정인 : [죽을 뻔한] 김수정

[F-] 기초 암흑 마법 서적(에픽)

암흑 마법의 기초가 담긴 신비한 서적.

태초에 존재했다고 알려지는 암흑신의 힘을 빌려오는 마법. 고대의 마법이기에 익히기가 까다롭고 주문의 난이도가 높다. 게다가 기초 마법치고는 마력 소모가 극심한 편이다.

암흑신으로부터 탄생했다고 알려지는 마법 계열의 몬스터들만이 본능적으로 사용한다.

고난의 길이 예상되니 마법사 지망생들에게는 추천하지 않는다.

*[F-] 암흑 화살(40MP)

*[F-] 암흑 저항(패시브)

감정인 : [죽을 뻔한] 김수정

[F-] 고블린 주술사의 장갑(노멀)

정예 고블린이 사용하는 장갑.

고블린 주제에 제법 좋은 장갑을 끼고 있다. 어디선가 슬쩍한 것이 분명하다. 관리가 안 되어 내구력이 하락된 것이 단점이다.

*근력 +10

감정인 : [죽을 뻔한] 김수정

모두 지금의 상황에서는 무척이나 좋은 것들이다. 고블린 주술사의 장갑 역시 쓸 만했고 각성의 보석은 굉장히 유용한 아이템이다. 원하는 아이템에 추가 스텟을 부여할 수 있으니 말이다.

아이템은 가치와 위력을 나타내는 랭크 외에 추가 스텟이나 속성 등으로 또 한 번 값어치가 나뉘게 된다. 아르케디아 인들은 그것을 추가 등급이라 불렀다.

추가 등급에는 스텟 하나만 붙은 노멀부터 시작하여 레어, 에픽, 유니크, 그리고 마지막으로 레전드가 존재한다.

'각성의 보석과 화염의 보석을 같이 쓴다면 초반 레벨에서는 거의 최상급 아이템이 될 거야.'

레드로즈의 검에 모두 부여한다면 추가 등급이 두 단계나 높아져 유니크 등급으로 격상될 것이다.

그러나 지금 당장 부여할 수는 없었다. 연금술이나 대장장이 스킬이 필요했기 때문이다.

'이건……?'

시선을 돌려 암흑 마법 서적을 본 순간 신성은 놀랄 수밖에 없었다.

그것은 에픽 등급이 붙은 암흑 마법 서적이었다. 설마 고블린 주술사가 그런 좋은 것을 들고 있을 줄은 몰랐던 신성이다.

보통 스킬 서적은 운이 나쁘면 아예 추가 등급이 없거나 노멀, 그리고 레어가 나오는 것이 일반적이다.

신성이 습득한 것은 레어보다 한 단계 위인 에픽 등급의 서적이었다.

같은 암흑 마법 서적이라도 추가 등급에 따른 차이는 꽤나 컸다. 추가 등급이 높으면 높을수록 위력적인 마법이 더 추가되어 있기 때문이다.

때문에 마법사들은 추가 등급이 높은 상위 서적을 구하기 위해 꽤나 많은 공을 들였다.

'목숨을 건 값어치로는 충분하네.'

정예 몬스터답게 레어부터 시작하여 잘 나오지 않는 에픽 아이템까지 주니 고생한 기억이 싹 날아가 버렸다. 신성은 일단 고블린 주술사의 장갑을 꼈다.

"꽤나 좋은 것들이군요. 득템 축하드립니다."

"득템입니까? 현실에서 들으니 기분이 이상하군요."

신성은 김수정의 말에 살짝 웃으며 답했다.

"수정 님부터 포인트 투자를 하시지요. 제가 경계를 서겠습니다."

"네, 알겠습니다."

김수정이 포인트 투자를 하는 동안 신성은 주변을 경계했다.

고블린 주둔지가 사라졌으니 주변에 고블린은 없겠지만 혹시라도 지하철을 통해 들어온 고블린이 있을 수도 있기 때문에 방심은 금물이었다.

김수정의 포인트 투자가 끝나자 이번엔 신성이 그동안 모은 포인트를 투자하기 시작했다.

이제 8레벨이 되어 고블린은 전혀 두렵지 않았다. 스텟이 워낙 높아 여러 마리를 상대하더라도 감당할 수 있을 정도이다.

'이제 고블린으로는 스킬 포인트 습득이 꽤 느려지겠지.'

지금까지는 고블린 한 마리당 1P씩 주었지만 레벨을 따라 잡았으니 두세 마리는 잡아야 1P씩 줄 것이다. 스킬 랭크가 오르면 오를수록 필요한 스킬 포인트의 양은 급격하게 올라가니 지금은 골고루 투자하는 것이 이득이었다.

'스킬 포인트는 200P… 많은 것 같지만 그것도 아니군.'

신성은 드래고니안 스킬에 투자하여 모두 [F+]랭크로 만들었다. 그러자 근력, 민첩, 내구 스텟이 모두 10씩 올랐다.

드래곤 하트에도 투자해서 [F]랭크를 만들었는데 마력이 200MP가 늘어나 510MP나 되는 마력을 지니게 되었다.

이제 드래곤의 피부, 뼈, 근육, 그리고 하트 중 하나를 올리는 데 100P나 들었다.

이곳이 아르케디아 온라인이었다면 제법 많은 스킬 포인트를 주는 정예 몬스터만을 노려 사냥하거나 유명한 교육 NPC 에게 훈련 받아 해당 계열의 스킬 포인트를 습득했을 것이다.

효율은 낮지만 그래도 꾸준히 습득할 수 있는 방법도 있었 는데 훈련장에서 훈련을 하거나 관련 서적을 읽는 것이다.

신성은 모든 것이 현실화된 지금도 어느 정도 비슷한 시스 템으로 작동할 것이라 생각했다.

'검술 랭크를 올리고 암흑 마법을 습득해야겠어.'

신성은 세이프리 하급 검술을 올려 [E]랭크를 만들었다. 좀 더 고차원적인 검술들이 머릿속에 떠올랐다. 쓸 수 있는 스킬 이 하나 더 늘어났다.

[E] 관통 베기(80MP) : 검풍을 일으켜 넓은 범위를 벤다. 배 쉬보다 위력은 떨어지나 공격 범위가 넓다.

관통 베기는 초반 레벨의 몰이사냥 때 많이 쓰는 스킬이 다.

신성은 암흑 마법 서적을 바라보았다.

본래 검술 스킬을 익히고 있다면 마법은 대체로 배우지 않 는 편이다. 상극인 스킬을 익히게 되면 위력도 낮은 데다 필 요한 스킬 포인트도 많이 늘어나게 된다.

하이브리드가 많은 휴먼족도 특수 직업군을 통해 몇몇 개의 스킬을 익힐 뿐이지 이렇게 신성처럼 직접적으로 상극 스킬을 골라 익히려고 하지 않았다. 이득보다 패널티가 훨씬 많았기 때문이다.

그러나 신성에게는 용의 재능이 있기 때문에 불이익 따위는 존재하지 않았다. 오히려 남들보다 빠르게 익힐 수 있었다. 용의 재능은 그야말로 무한한 가능성이었다.

신성은 암흑 마법 서적을 써서 스킬을 익혔다.

스킬을 익힐 때 나오는 이펙트가 나오는 순간이다. 신성의 손에 있던 서적이 맹렬하게 타오르며 강한 빛을 내뿜었다. 이러한 현상은 신성도 처음 보는 것이다.

'뭐지?'

암흑 마법 서적이 이펙트와 함께 사라지지 않고 신성의 손을 통해 마치 액체가 스며들 듯이 흡수되기 시작했다.

팔에서 마력으로 이루어진 검은 비늘이 솟아나더니 어깨에까지 이르렀다.

신성의 눈동자에서 황금빛 기류가 감도는 순간이다.

가슴속에서부터 들끓는 느낌에 신성이 주먹을 쥐자 충격파가 휘몰아치며 팔 위에 드러난 검은 비늘들이 천천히 사라졌다.

그러한 변화는 김수정에게는 보이지 않았는지 표정이 달라지지 않았다. 신성은 숨을 몰아쉬며 떠오른 문구를 바라보았다.

[스킬이 업데이트 되었습니다.]

*[S+] 용의 재능(MAX)의 영향으로 [F+] 기초 암흑 마법(에픽)
이 [E] 어둠의 용언 마법(레전드)로 변경됩니다.

[E] 어둠의 용언 마법(0/500P)(레전드)

드래곤 하트를 지닌 존재만이 사용할 수 있는 용언 마법 중
하나. 브레스를 제외한 모든 마법이 시동어를 외치는 것만으로
사용 가능하다. 드래곤의 눈 스킬과 연계하여 상대의 마법 술
식을 흡수할 수 있다. 단, 흡수 대상과 랭크가 같거나 높아야
한다.

*[E-] 다크 애로우(50MP)(맹독) : 어둠 속성의 화살을 날린다.
랭크가 높을수록 다양한 디버프를 포함시킬 수 있다.

*[E-] 어둠의 눈동자(패시브) : 상대의 마법 술식을 흡수하여
사용할 수 있다. 일회성이기는 하나 지속적으로 연구한다면 완
전 습득이 가능하다.

*[E-] 다크 브레스(All MP) (융해, 부식) : 암흑 속성의 마력을
한순간에 방출한다. 시전자의 능력에 따라 다양한 암흑 속성의
디버프를 포함시킬 수 있다.

암흑 마법이 어둠의 용언 마법으로 변경되었다. 용의 재능으로 인한 결과였다. 에픽 등급만으로도 굉장히 좋은 마법이었는데 단번에 레전드 등급으로 상승한 것이다.

스킬 포인트를 무지하게 잡아먹는 것이 흠이었지만 위력을 볼 때 단점이라고 생각되지 않았다.

'이런 식이군.'

손을 펼쳐보자 그의 손 위에 마법진이 떠올랐다. 복잡하게 계산할 필요가 없었다. 숨 쉬는 것처럼 자연스럽게 느껴졌다. 가슴속에서 꿈틀거리는 드래곤 하트가 모든 복잡한 계산을 풀어주는 것 같은 느낌이 들었다.

'용언이라… 드래곤은 마법의 종족이었지.'

아르케디아 온라인에서는 드래곤이 다른 종족들에게 마법을 전파했다고 나와 있었다.

마법의 근원이 바로 드래곤인 것이다. 때문에 마탑은 드래곤을 숭배했다. 드래곤이 새겨진 스태프가 마탑의 상징으로 여겨졌다.

신성은 벽을 향해 손을 뻗었다. 마법을 쓸 때는 캐스팅이 필요했다. 스태프나 마법 도구가 없다면 캐스팅 시간을 줄일 수 없었다. 그러나 신성의 손에서 단번에 마법진이 생성되었다. 이대로 시동어를 외치면 마법이 발동될 것이다.

신성은 마법을 취소하고 자리에서 일어났다.

통로 쪽을 바라보자 짙은 어둠이 깔려 있다. 마석으로부터 뿜어져 나온 마력장이 지하철 안으로 흐르고 있는 것이다.

강남역 쪽으로 가기도 전에 어둠에 파묻혀 버릴 것 같았다.

더 이상 접근하는 것은 무리였다.

신성은 벽을 주먹으로 쳐보았다.

퍼석!

벽이 움푹 파이며 먼지가 사방으로 날렸다. 마력장의 영향으로 통로 전체가 약해져 있었다.

'다크 브레스를 쓴다면…….'

지금이라면 브레스에 용해 속성을 섞어 통로를 무너뜨릴 수 있을 것 같았다. 그렇게 한다면 적어도 이곳을 통해 빠져나가는 고블린은 없어질 것이다. 고블린 주둔지가 있었다면 필드 침식의 영향으로 불가능한 일이다.

가장 안전한 방법은 에르소나에게 지원을 요청하는 것이지만 신성은 왜인지 이 통로를 막아야 할 것 같은 예감이 들었다. 다소 무리를 하더라도 말이다.

"무너뜨릴 생각이십니까?"

"무식한 방법이긴 하지만 시도해 볼 만합니다. 에르소나 님에게 지원을 요청하는 편이 안전하지만……."

"그렇군요. 알겠습니다. 우리가 해결하는 편이 낫겠습니다."

신성은 김수정의 말에 고개를 끄덕이며 통로를 바라보며 섰다.

드래곤 하트에 있는 전 마력을 끌어올리자 신성의 주위로 푸른 기류가 몰아쳤다. 마력이 형상화되어 보일 만큼 신성의 마력 수치는 높았다. 결코 초보 레벨이라고는 볼 수 없는 모습이다. 지금 이 순간 이러한 광경을 보여줄 수 있는 아르케디아인은 없을 것이다.

푸른 기류가 순식간에 검은색을 띠기 시작하더니 빛을 잡아먹는 어둠으로 바뀌었다. 암흑 속성이 드디어 섞여 들어간 것이다.

신성의 눈동자에서 황금빛 기류가 일렁이는 순간 신성의 앞에 거대한 마법진이 떠올랐다. 마법진에 있는 복잡한 수식들이 톱니바퀴처럼 돌아가며 맞물렸다.

두근두근!

드래곤 하트가 격렬하게 뛰기 시작했다. 마치 뜨겁게 달아오른 철이 가슴에 들어 있는 듯한 느낌이다. 마법진의 복잡한 수식들이 사라지고 마치 거대한 용의 눈동자를 닮은 형상이 떠오르는 순간이다.

신성이 호흡을 내쉬는 순간 전 마력이 방출되며 마법진을 통과했다.

피웅! 카가가가!

어둠을 머금은 마력이 거대한 줄기를 만들며 뿜어져 나갔다. 지켜보던 김수정이 크게 놀라며 뒤로 물러났다. 도저히 일반 마법이라고는 볼 수 없는 광경이었기 때문이다.

어둠이 터널을 뒤흔들었다.

천장과 벽에 닿자 마치 스펀지처럼 퍼져 나가며 스며들었다. 마석이 내뿜는 마력장과 섞이며 기괴한 소음이 들려오기 시작했다.

브레스가 지닌 용해 속성이 터널과 그곳에 스며든 마력장을 녹여 버리고 있었다. 물체뿐만 아니라 마력장까지 간섭하는 위력에 신성마저 놀랄 정도였다.

생각보다 강한 위력이다. 이제 막 스킬을 익혀 써본 것이라고는 믿기지 않을 정도였다. 랭크 업을 하게 된다면 어떤 위력으로 변모할지 두려울 정도였다. 휴먼 종족으로서도 극강의 힘을 지니고 있던 신성이다. 그는 이 힘을 최고를 넘어 극한으로 만들 수 있는 법을 알고 있었다.

"역시… 보통이 아니시군요. 암흑 마법을 이렇게까지……."

"어쩌다 보니 가능한 것 같습니다."

"그런 수준이 아닙니다만……."

"폐인 생활을 한 덕분이겠죠. 잠자는 시간 외에는 게임만 했으니 말입니다."

김수정은 아무렇지도 않게 말하는 신성의 모습에 경외감마저 느꼈다.

아르케디아의 상식을 뛰어넘는 그의 모습에 두려움마저 생길 지경이다. 아르케디아 온라인에는 수많은 히든 피스가 있지만 그것을 감안하더라도 신성의 모습은 대단히 충격적이었다.

'에르소나조차 이렇지는 않을 거야.'

상위 종족인 하이엘프와 견주어도 결코 밀리지 않을, 아니, 그것을 뛰어넘고 있었다. 김수정은 신성이 언젠가 수면 위로 떠오르는 거물이 될 것을 직감했다. 그가 그것을 원하든 원하지 않던 말이다.

그가 보여준 모습을 떠나 존재감 자체가 다른 아르케디아인들과 달랐다.

에르소나를 처음 봤을 때 느낀 흥분감은 아무것도 아니었다. 그것을 아득히 넘어 두려움마저 생길 지경이다.

그의 황금빛으로 빛나는 눈동자와 눈을 마주친 순간 몸이 굳어버릴 정도였다. 다크엘프가 되고 나서 무뎌진 두려움이 다시 고개를 내밀고 있었다. 그러나 그런 그의 모습을 보며 두근거리는 심장은 결코 두려움 때문만은 아니었다.

얼굴이 새빨갛게 달아오른 것도 말이다. 김수정은 그가 무언가 말한다면 자신은 절대적으로 거역할 수 없을 것 같은 감정에 휩싸였다.

신성은 혼란 상태에 빠진 김수정을 신경 쓰고 있지 않았다. 그저 길게 호흡을 들이마셨다가 내쉬었다.

'이게 최상위 종족의 힘… 성장이 너무 빨라.'

신성은 8레벨에 불과했다.

8레벨에 정예 고블린과 일전을 겨루어 이겼고, 지금은 용언 마법을 획득해 더욱 강해졌다. 이제는 두 마리 정도는 한꺼번에 상대할 수 있을 것 같았다. 마법과 상극인 검술 역시 무시 못 할 수준이다. 마법을 섞는다면 그 시너지는 배가 될 것이다.

'스킬 조합에 성공한다면 어떻게 변할지 감이 안 잡히는군.'

아르케디아 온라인의 고유 시스템 중 하나인 스킬 조합이 떠올랐다. 스킬 조합은 개인이 시도할 수도 있었고 상위 NPC에게 부탁하여 가르침을 받을 수도 있었다.

그러나 두 가지 속성의 조합 같은 경우에는 성공 확률이 드물었고, 상극 속성을 띤 스킬 같은 경우에는 시도하는 것 자체가 멍청한 짓이었다.

성공하게 되면 해당 스킬에 투자한 평균 포인트로 랭크가 결정되지만 실패하게 되면 즉시 해당 스킬의 랭크가 크게 다운된다.

게다가 완전 실패 판정이 뜨면 괴상한 스킬로 변모하기도 했다. 이것도 많은 플레이어를 과금의 길로 빠뜨린 사악한 시스템이었다.

에르소나나 그에 버금가는 랭커들은 소위 말하는 지갑 전사였다. 신성 역시 벌어들이는 돈의 상당 부분을 투자했기에 잘 알고 있었다.

조합에 필요한 아이템은 모두 구할 수 있었지만 캐시 아이템인 '신성한 축복'이 없다면 성공 확률은 희박했다. 신성한 축복은 조합에 실패하더라도 스킬 보호 기능도 있기 때문에 필수적으로 사용할 수밖에 없는 현질 아이템이었다.

"후우!"

신성은 크게 호흡을 하며 마력이 차오르기를 기다렸다. 브레스를 한 번 쓴 것임에도 불구하고 온몸의 힘이 전부 빠져 버린 느낌이다. 마력도 마력이지만 체력 소모가 극심했다. 지속적으로 쓸 수 있는 것이 절대 아니었다.

각성기나 필살기 정도로 보면 될 것 같았다.

기기기긱!

터널에서 끔찍한 소음이 들려왔다.

아이러니하게도 마력장의 저항 때문에 현재 터널은 무너지지 않고 있지만 신성의 눈에는 무척이나 불안정해 보였다. 시간이 지나면 한순간에 터져 버릴 것 같았다. 마치 액체 위에 떠 있는 거품 방울 같은 느낌이다.

"곧 무너질 겁니다. 이제 물러나지요."

부스럭!

신성의 말에 기괴하게 일그러지기 시작한 터널을 바라보던 김수정이 뒤로 한 발자국 물러났다.

그녀의 발에 닿은 돌이 옆으로 튕겨 나가며 철로와 부딪쳤다.

티잉!

경쾌한 소리가 울려 퍼지는 순간이다.

그으으으으!

터널이 비명을 내질렀다.

순간 둘의 눈이 마주쳤다. 신성이 빠르게 외쳤다.

"달려요!"

신성과 김수정이 동시에 달려 나가기 시작했다.

다크 브레스의 여파로 신성의 체력은 많이 하락되어 있었지만 뛸 수 있을 수준은 되었다. 김수정 역시 부상에서 많이 회복하여 뛰는 것에는 문제가 없었다.

콰가가가!

마치 파도가 치듯이 지하철 터널이 무너져 내리며 신성과 김수정의 뒤를 쫓아왔다. 잘게 부서진 잔해는 마치 사막의 모래를 보는 것 같았다.

뿌연 먼지가 어둠에 섞여 기괴한 광경을 연출해 내고 있었다. 신성의 생각보다 마력장으로 인한 영향은 광범위했다. 터널 전체에 영향이 미치고 있었다.

그러나 신성과 김수정의 얼굴에는 위기감이 존재하지 않았다. 오히려 즐거운 듯 작게 미소까지 지으며 달리고 있었다. 그와 그녀에게 있어서 이러한 일 따위는 이제 위기에도 끼지 못했다.

신성과 김수정은 온 힘을 다해 전력질주를 했다.

급속도로 빨라지는 먼지의 폭풍이 신성과 김수정의 바로 뒤까지 바짝 쫓아왔다.

"이쪽입니다!"

신성의 눈에 박살 난 스크린 도어가 보였다. 빠르게 도약해 박살 난 스크린 도어를 통과한 다음 손을 뻗었다. 김수정이 신성을 따라 도약하며 아슬아슬하게 신성의 손을 잡았다.

"읏!"

신성은 빠르게 김수정을 자신의 몸 안으로 끌고는 앞을 향해 슬라이딩했다. 신성이 몸을 웅크리는 순간이다. 주변을 뒤흔드는 진동이 느껴졌다.

파바바바박!

그나마 멀쩡하던 스크린 도어가 모조리 박살 나며 거대한 먼지의 파도가 신성과 김수정을 덮쳤다.

콰아앙!

마력장의 영향이 미치지 않은 천장과 벽까지 무너져 내리며 사방으로 잔해가 튀었다. 지하철 터널은 완전히 주저앉아 형체도 알아볼 수 없게 변했다.

잠시 침묵이 내려앉았다.

그르륵! 덜컹!

돌이 굴러가는 소리와 함께 신성의 등이 들렸다. 신성은 힘을 주어 몸을 일으키며 온몸을 누르고 있는 잔해를 밀쳐냈다.

날카로운 철근이 몸을 찔렀지만 신성에게 상처는 존재하지 않았다. 그런 것 따위가 신성의 내구 스텟을 뚫기에는 대단히 역부족했다.

신성의 밑에 깔린 김수정의 눈이 동그랗게 떠져 있다. 격한 움직임 때문에 김수정의 옷이 뜯어져 옷 사이에서 꼭지 가리개의 모습이 보인다.

"입으셨군요."

"네. 으음, 입기보다는 끼었다는 표현이 옳을 것 같습니다. 조금 부끄럽지만 스텟 때문에… 그… 잘 어울리나요?"

신성은 그녀의 가슴에 가 있던 눈을 돌리며 자리에서 일어났다.

"아… 예. 그렇습니다."

"그럼 다행입니다."

신성과 김수정의 눈이 마주치자 누구라고 할 것 없이 동시에 웃음을 터뜨렸다. 김수정이 신성을 바라보다가 입을 떼었다.

"그나저나 제법 짜릿했습니다. 놀이기구를 타는 것보다 훨씬 재밌더군요."

"우리 약간 인디아나 존스 같지 않았나요?"

"음, 그것도 그런 것 같습니다. 파티장님은 그런 고전 영화를 좋아하시나 보군요."

신성의 말에 김수정이 피식 웃으며 대답했다.

신성이 몸을 일으키며 손을 뻗자 김수정이 그의 손을 잡고 일어났다. 신성의 로브에 잔뜩 묻은 먼지를 김수정이 털어주었다.

후드득!

천장을 바라보니 금이 가고 있었다.

"승강장 쪽도 무너질 것 같습니다. 빨리 나가도록 하지요."

"예, 파티장님. 모시겠습니다."

"하하, 그거 부담스럽군요."

"괜찮습니다. 그럴 자격이 있으십니다."

신성과 김수정은 그 자리를 빠져나와 마트로 가는 길에 올랐다. 신성과 김수정은 제법 친해졌다. 이야기를 하다 보니 김수정이 본래 직업군인이었다는 것을 알 수 있었다. 전역하

고 나서 취직자리를 알아보던 중에 게임에 빠지게 되었다고
한다.

신성과 김수정은 속도를 내어 이동했다. 김수정은 부상에
서 아직 전부 회복되지는 않았지만 신성은 말끔하게 나왔다.
드래고니안 스킬이 오르면서 재생력이 크게 늘어난 덕분이
다.

지하철 밖으로 빠져나와 마트에 도달하자 마트 밖에서 신
성을 기다리고 있는 아르케디아인들이 보인다.

해가 떠오르고 있었다. 신성은 잠시 멈춰 서서 찬란하게
어둠을 밝히는 빛을 바라보다가 고개를 돌렸다.

"어? 어! 파티장님!"

"파티장님이 돌아오셨다! 빨리 셔터 올려!"

"빨리빨리 열어!"

아르케디아인들이 소리치며 마트의 문을 여는 것이 보인
다. 문을 지키고 있던 아르케디아인이 신성과 김수정의 몰골
을 보더니 눈을 크게 떴다.

"괜찮으십니까? 도대체 무슨 일이 있던 겁니까?"

아르케디아인의 호들갑스러운 소리에 신성은 김수정과 서
로를 바라보다가 한차례 웃음을 흘렸다.

신성이 마트로 들어서자 아르케디아인들과 일반인들이 박
수를 치며 그를 맞이했다.

끊이지 않는 박수 소리 때문에 신성은 몇 마디 해야만 했다. 적당히 위로의 말을 건네자 이번에는 환호 소리가 마트 안을 크게 울렸다. 환대를 받는 느낌은 나쁘지는 않았지만 일단 조용히 해야 했기에 신성은 모두를 진정시켰다.

일반인들의 얼굴에는 피곤한 기색이 가득했다. 불안해서 잠조차 제대로 자지 못한 것이 분명했다. 그럼에도 눈빛에는 희망이 가득했다.

신성은 호라스에게 보고를 받았다. 퇴로를 확보했고, 피난처로 보이는 중학교를 찾았는데 그 주변에 군부대가 바리케이드를 치고 있다고 한다. 맵을 확인해 보니 그리 멀지 않은 곳이었다.

"집을 잃은 사람들이 그곳으로 피난해 있는 것으로 보입니다. 사람들을 이동시키고 있는 것 같으나 대부분 자발적으로 남아 있는 것 같습니다. 정찰을 갔다 온 엘프의 말에 따르면 가족들을 기다리는 것 같았습니다. 그리고 얼마 떨어지지 않은 곳에는 추모객들도 있습니다."

신성은 고개를 끄덕였다. 중학교에 남아 있는 사람들의 마음이 이해가 되었다. 그들의 마음은 간절할 것이다. 가족이 구조되었기를 간절히 바라고 있을 것이 분명했다. 구조대가 없음에도 불구하고 말이다.

'그곳으로 사람들을 이동시키고 군부대에게 인계하면 되겠

군.'

신성이 할 수 있는 일은 거기까지였다. 앞으로 몬스터 웨이브를 막는 것이 희생자와 유가족들을 위로할 수 있는 방법일 것이다.

신성이 이동을 명령하자 일반인들은 크게 기뻐했다. 그러나 신성의 표정은 펴질 생각을 하지 못했다. 보호해야 할 일반인이 아르케디아인의 숫자에 두 배를 넘어갔기에 최대한 신중해야 했다.

아르케디아인들이 신성의 명령대로 일반인을 보호하는 형태로 대열을 정비했다. 마트 밖으로 나오자 태양빛이 그들을 반겨주었다. 그러나 태양빛은 마치 노을이 진 것처럼 붉었다.

마석이 내뿜는 마력장이 하늘을 끔찍한 색깔로 물들이고 있었기 때문이다. 마치 태양이 하늘에서부터 흘러내리는 듯한 착각이 들 정도였다.

일반인들은 그것이 소름 끼치는지 하늘을 보려고 하지 않았다.

제법 이동하자 저 멀리 군인들의 모습이 보인다. 큰 벽으로 보이는 바리케이드를 치고 사방을 경계하고 있었다. 마치 전쟁이라도 난 것 같은 분위기다.

신성이 주먹을 들어 이동을 멈추게 했다.

"이쪽의 상황을 알려야겠군요."

"파티장님, 군인들이 우리에게 협조적일까요?"

김수정의 말에 신성은 쉽게 대답할 수 없었다.

그러나 구조해 온 일반인들이 있으니 내치지는 않을 것이라 생각했다. 어찌 되었든 군인들의 존재 목적은 시민들을 지키는 것이다. 그것에 이익 관계가 깔리게 된다면 이야기는 달라지겠지만 말이다.

'에르소나라면 아마도 어떤 조치라도 취해놓았겠지.'

신성이 파악한 그녀는 철저히 계산적이고 섬뜩할 만큼 냉정했다. 김수정의 말을 들은 이후엔 신성의 마음에도 불안감이 싹트고 있었다. 그러나 에르소나 역시 인간이기에 과도한 짓은 하지 않을 것이라 생각했다.

신성이 천천히 바리케이드 쪽을 향해 다가가자 군인들이 몰려나오면서 신성에게 총을 겨누었다. 그러나 신성뿐만이 아니라 아르케디아인 모두 두려워하는 기색이 없었다. 본능적으로 저 무기가 별 해를 끼치지 못할 것임을 알아차리고 있는 것이다. 실제로 아르케디아 온라인의 아이템으로 치자면 랭크가 없는 목검과 같은 수준이다.

신성의 뒤에 있는 민간인들을 확인한 군인들이 몸을 움찔했다. 신성이 양손을 들어 적의가 없음을 알렸다.

"민간인들을 구조해 왔습니다."

"아르케디아인들입니까?"

"그 이전에 한국인입니다. 작년에 예비군도 끝났지요."

신성의 차분한 말에 가장 앞에 나와 있던 군인이 손을 들자 모두 총구를 아래로 내렸다.

보통 군인들 같지는 않았다. 모두 부사관으로 구성되어 있는 것을 보니 특수부대 쪽인 것 같았다.

군인 중 하나가 어디론가 무전을 걸어 이야기하더니 잠시 뒤 신성의 앞에 서 있는 군인에게 뭐라 말하기 시작했다.

"상황이 상황인지라 잠시 대기해 주시겠습니까?"

"이해합니다."

군인들은 신성의 뒤에 서 있는 아르케디아인들을 보며 잔뜩 긴장하고 있었다. 아르케디아인들이 어떤 존재인지 그들은 깨닫고 있는 것 같았다.

신성은 그것에서부터 이질감을 느꼈다. 자신이 인간이 아닌, 이제는 완전히 다른 종족이 되어버렸다는 실감이 났기 때문이다.

"저희 오빠도 군인인데… 괜찮을까요?"

날이 선 분위기에 손가락을 꼼지락거리고 있던 이유리가 조심스럽게 입을 뗐다. 신성은 고개를 돌려 그녀를 바라보았다. 그녀가 긴장하고 있는 것을 알 수 있었다. 꼬리에 털이 바짝 서 있었다.

"어디에서 근무하십니까?"

"화천이라고 들었어요."

"그렇다면 괜찮을 것 같군요. 적어도 이 사달에 휘말리지는 않았을 겁니다."

"그렇겠죠? 돌아가신 군인 분들도… 편히 쉬셨으면 좋겠어요."

나라를 지키다 꽃다운 나이에 순직한 이들이 많을 것이다. 김수정을 포함한 다른 이들도 같은 마음인 듯 고개를 끄덕였다. 위에서 명령이 하달 받았는지 군인이 다가왔다.

"저희 쪽에서 인솔해 가도 되겠습니까? 주변에 설치된 지뢰나 클레모아가 많으니 안전상의 문제 때문에 그렇습니다."

"예, 그렇게 해주십시오."

철조망을 열고 많은 수의 군인이 다가왔다. 일반인들이 군인들을 보고는 환호성을 질렀다.

"사, 살았어! 이젠 살았어!"

"흐으윽, 감사합니다."

"정말 고마워요!"

일반인들은 군인들의 인솔에 따라가기 전에 그동안 친해진 아르케디아인들과 포옹을 하거나 손을 꼭 잡았다.

신성에게 달려와 직접 감사의 인사를 하는 이도 많았다.

신성은 미소를 지으며 그들이 돌아가는 모습을 바라보았다. 이유리 역시 흐뭇한 표정이다.

"이제 마석으로 가지요."

신성이 말하며 뒤를 도는데 일반인들이 신성과 아르케디아인들을 향해 박수를 쳐주었다. 신성은 잠시 그것을 바라보다가 살짝 손을 들어주고는 등을 돌렸다. 박수 소리가 더욱 거세졌다.

모두가 흐뭇한 미소를 짓고 있을 때다. 신성과 그 주변에 모여 있는 모든 아르케디안의 몸에서 새하얀빛이 뿜어져 나왔다. 등 뒤에 커다란 날개가 생기더니 한차례 펄럭이다가 빛으로 이루어진 깃털을 날리며 사라졌다.

아름다운 광경에 모두가 감탄성을 내뱉었다. 따스하고 포근한 감각이 전신을 휘감았다. 신성은 이것이 무엇인지 알고 있었다.

바로 성향이 상승할 때 생기는 이펙트였다. 신성은 모험가 팔찌에 올라와 있는 문구를 볼 수 있었다.

[축하합니다. 성향이 중용에서 선으로 바뀌었습니다.]

[현재 성향 : 브론즈, 선(1%)]

[성향 상승으로 인해 루나의 가호가 루나의 축복으로 변경됩니다.]

[C] 루나의 축복

선한 자만이 받을 수 있는 축복.

아이템, 마법 효율이 증가하고 획득 경험치가 증가한다. 또한 신체 능력에 버프 효과를 부여해 준다. 악 성향의 부정한 자를 만나면 그 효과가 배가 된다.

*[D] 아이템 효율 상승

*[D] 마법 효율 상승

*주력 스텟 +10

*악 성향과 조우 시 랭크 상승

*악에 물든 부정한 자 처단 시 경험치 획득

아르케디아인들은 팔찌를 확인하고는 대단히 기뻐했다. 신성 역시 마찬가지였다. 사람도 돕고 보상도 받았으니 기분이 좋은 것은 당연했다.

루나의 축복은 성향이 유지되는 한 항시 적용되는 버프였고 그 효과가 꽤나 좋았다.

무려 [C]랭크로 분류되는 버프 효과를 지니고 있었다. 항시 적용이라 본래 랭크보다 위력이 약하기는 하지만 초보자에게는 큰 힘이 되어줄 것이다.

CHAPTER 6

사람의 마음, 용의 마음 I

'마법과 아이템의 효과도 좋아졌고 게다가 올 스텟 +10이면 대단하지.'

보통은 근력, 민첩, 내구로 스텟이 시작하여 나중에는 종족, 직업, 그리고 개인의 성향으로 다른 스텟들을 활성화시켜 올릴 수 있었다. 지금 당장 올 스텟 +10도 좋았지만 장기적으로 볼 때 이는 대단한 버프였다.

'성향 시스템 역시 현실에 맞게 적용된 것 같은데.'

아르케디아 온라인에서 성향은 NPC의 퀘스트를 들어주거나 악한 성향의 플레이어를 처단, 몬스터를 잡는 행위 등으로 올릴 수 있었다.

선 성향은 브론즈, 실버, 골드 순으로 높아지며 골드 위부터는 각자 원하는 신으로부터 퀘스트를 통해 신격을 부여 받아 아예 다른 성향으로 바뀌게 된다. 성향은 높을수록 혜택이 좋았는데 올리기가 까다롭고 유지하기도 상당히 힘들었기에 골드를 넘어선 성향을 지닌 플레이어는 단 한 명도 나오지 않았다.

악 성향 역시 등급이 정해져 있었다. 고통, 좌절, 절망 순으로 나뉘게 되며, 밑으로 내려갈수록 부여되는 패널티가 심각했다.

아르케디아 온라인에서 보통은 게임 안에서의 규칙을 지키지 않았을 때 성향이 하락하게 된다. NPC 살인이나 PK는 그 하락의 폭이 상당히 컸는데 일단 악 성향이 되면 NPC와 거래를 할 수 없고 도시 안으로 들어갈 수 없었다. 게다가 다른 플레이어가 악 성향의 플레이어를 죽여도 패널티를 받지 않는다. 설정에서는 악 성향이 극에 이르게 되면 몬스터화가 된다고 나와 있기는 했지만 구현된 시스템은 아니었다.

'지금은 구현되어 있을 수도 있겠지.'

시간이 지나면 알게 될 것이다. 일단은 기분 좋은 출발이었다. 아르케디아인의 얼굴에서는 처음과 같은 긴장과 두려움은 찾아볼 수 없었다.

언제까지 여기서 시간을 지체할 수는 없었다. 정오가 머지 않았으니 빨리 본대에 합류해야 했다. 2차 웨이브에 참여하는 것이 서울 시민들을 위해서도, 그리고 아르케디아인들 스스로를 위해서도 좋을 것이다. 2차 웨이브에서 쏟아져 나오는 물량은 아르케디아인들의 레벨을 큰 폭으로 올려줄 것이기 때문이다.

토벌 퀘스트는 경험치가 공유되니 그 장소에서 멀어지지 않는다면 참가하는 것만으로도 모두 경험치를 받을 수 있었다.

"이제 본대로 합류하도록 하지요. 마석의 위치는 확인되었으니 그 주변에만 가면 합류할 수 있을 겁니다."

신성의 말에 모두가 고개를 끄덕이며 대열을 다시 정비했다. 보호해야 할 일반인이 없는 지금 이동 속도는 굉장히 빠를 것이다. 맵으로 거리를 따져 봐도 정오 전에는 충분히 도착할 수 있을 것 같았다.

본대에 합류하게 되면 신성은 파티장의 직책을 홀가분하게 내려놓을 것이다. 사람들을 이끄는 것은 적성에 맞지 않았고 책임감은 지금도 그의 어깨를 짓누르고 있었다.

'에르소나… 그녀를 만나는 건 꺼려지지만 어쩔 수 없지.'

가급적이면 만나고 싶지 않은 상대였다. 그녀의 능력만큼은 인정하고 있으나 신성은 그녀와 자신이 완벽하게 상극이라는 것을 예전부터 인지하고 있었다. 그녀와의 만남은 좋게 끝난 적이 없었다.

'그래도 그녀의 능력이라면……'

신성은 2차 웨이브는 대단히 치열한 양상을 보일 것이라 예상했다. 그러나 시간이 지나면 아르케디아인들이 레벨 업을 통해 전력이 한층 더 강해질 터이니 충분히 막아낼 수 있을 것이라 판단했다.

에르소나의 능력이라면 충분히 가능했다.

신성을 포함한 50인의 아르케디아인은 마석을 향해 빠르게 나아가기 시작했다.

*   *   *

마석 주변으로 다가갈수록 하늘이 어두워졌다. 검은빛으로 물든 하늘에서는 태양빛이 끔찍할 정도로 일그러져 보였다. 태양과 하늘이 녹아 검은 기름이 흘러내리는 듯한 풍경이다.

날씨는 덥지 않았지만 숨이 탁 막히는 느낌이 들었다. 드래고니안이 되고 나서 마력에 흐름에 민감해진 신성은 회오리치며 퍼져 나가는 마력장의 형태를 눈으로 볼 수 있었다. 촉수가 핏줄을 형성하며 공간을 먹어버리는 것 같은 광경이다.

마석이 보이는 곳에 도달하자 색다른 광경이 보인다. 건물과 건물 사이에 덩굴을 비롯한 나무들이 치솟아 올라와 있었는데 모두 은은한 빛을 머금고 있었다.

'대규모 정령 마법이군. 하급이기는 하지만 마법진을 구축해서 극대화시켰어.'

보통 공성전에 자주 쓰이는 마법이다. 벽을 생성하여 상대의 이동 루트를 봉쇄하는 용도로 쓰였는데 나무이기는 하지만 내구력이 상당히 좋아 효율이 높았다. 불에 약하다는 취약점이 있기는 해도 고블린의 진격을 멈추기에는 충분할 것같았다.

신성과 다른 이들의 모습을 발견한 아르케디아인들이 다가왔다. 모험가 팔찌로 이미 신성과 다른 아르케디아인들이 아군인 것을 파악했기에 적대적인 태도는 취하지 않았다.

오히려 손을 들어 환영하는 분위기였다. 깨진 건물의 창문에서 주변을 바라보고 있던 엘프들이 바닥으로 뛰어내리며 신성의 앞에 섰다. 레벨이 전체적으로 신성이 이끄는 이들보다 높아 보였는데 1차 웨이브를 막은 덕분인 것 같았다.

신성에게 엘프 중 하나가 다가왔다. 활을 들고 있는 엘프였는데 고블린이 드롭한 아이템을 착용하고 있었다. 어깨 방어구는 잘 어울리지 않았지만 워낙 엘프가 미형이다 보니 그럭저럭 봐줄 만했다.

엘프가 오히려 신성의 모습에 잠시 말을 잃었다. 머리에 묻은 피를 대충 닦다가 빗겨 넘긴 헤어스타일은 대단한 야성미를 풍겨내고 있었다. 초보자 복장에 로브를 입은 모습이었지만 엘프가 보기에는 대단히 숙련된 전사로 보였다.

신성이 엘프를 바라보자 엘프가 심호흡을 하고 입을 떼었다.

"먼 길 오시느라 고생하셨습니다. 여기는 마석 방어 라인입니다. 혹시 외부에서 합류하시는 분들입니까?"

"선발대입니다. 공간 이동 당시에 다른 곳으로 이동되었습니다."

"그러셨군요. 최초로 도착한 선발대의 숫자가 빈다는 말은 들었습니다. 아무튼 무사히 도착하셔서 다행입니다."

"긴히 할 이야기가 있어 에르소나 님을 만나 뵙고 싶습니다만……."

신성의 말에 엘프가 고개를 끄덕였다. 오십 명이나 되는 인원이 보충되었으니 아르케디아인을 지휘하고 있는 에르소나에게 보고하는 것은 당연했다. 그 과정에서 만남을 요청했다고 청한다면 될 것이다.

에르소나는 아르케디아인들의 요청을 결코 무시하지 않았으므로 만남이 이루어질 확률은 컸다. 그간 사정에 대해 직접 이야기를 나누는 방향으로 흘러갈 것 같았다.

"알겠습니다. 일단 안으로 들어가시지요."

신성이 고개를 끄덕이자 엘프가 공중을 향해 화살을 쏘아 올렸다. 그러자 건물과 건물 사이에 있던 나무들이 기이한 소리를 내더니 천천히 열리기 시작했다.

"역시 정령술이군요."

"예. 나무 성벽 [F-]랭크입니다. 하이엘프님들의 힘이 컸습니다. 반나절을 꼬박 투자해서 만든 것입니다."

기존에 관련 스킬을 지니고 있던 자들도 있고 레벨 업을 통해 스킬을 강화한 자들도 있었다고는 하지만 규모로 볼 때 상당히 고생했을 것이다.

엘프를 따라 안으로 들어서자 많은 수의 아르케디아인들이 보였다. 한쪽에 마련되어 있는 대기소에 아르케디아인들이 속속들이 모여들고 있었다.

"최근에 합류하시는 분들을 배치하기 위한 곳입니다."

"꽤 많군요."

"처음 소집에 온 이천 명뿐만 아니라 자발적으로 찾아온 분들이 천 명가량 됩니다. 덕분에 마음을 조금 놓을 수 있었어요. 아! 여기서 잠시 기다려 주세요. 보고하고 오겠습니다."

엘프는 그렇게 말하고 빠르게 뛰어갔다.

신성은 모두를 이끌고 대기소 안으로 들어갔다. 50인의 아르케디아인은 이제 이곳에서 재배치될 것이다. 신성이 파티장으로서 해야 할 일은 여기까지였다.

'신경을 좀 썼네.'

대기소 안은 잘 정돈되어 있었다. 여러 가지 음식이 즐비했고 고블린에게서 얻은 아이템도 진열되어 있었다. 필요한 자들에게 보급해 주는 것으로 보였다.

'확실히 체계가 잘 잡혀 있군. 에르소나 덕분이겠지.'

혼란스러운 와중에도 이러한 체계를 구축한 에르소나의 능력이 대단하게 느껴졌다. 스킬의 영향이 있다고는 하나 남을 따르게 하는 것은 대단히 어려운 일이다. 과거의 명성과 현재의 탁월한 리더십이 있기에 가능한 일이었다.

신성은 자신과 에르소나를 냉정하게 비교해 보았다. 그러다가 피식 웃고는 고개를 저었다. 자존심이 상하는 일이었지만 이런 쪽의 역량에서는 비교할 수가 없었다. 50명도 벅찰 지경인데 삼천에 이르는 아르케디아인을 하나처럼 통솔하는 것은 현재의 그로서는 결코 하지 못할 일이었다.

'애초부터 나는 솔플만 했으니 말이지.'

신성은 마음의 짐이 놓이자 후련한 미소를 지었다.

"파티장님, 커피 드세요. 뭐 드실래요?"

이유리가 두 손에 커피 캔을 들고 신성에게 다가왔다.

신성이 초콜릿이 그려져 있는 커피를 바라보자 이유리는

살짝 웃으며 신성에게 캔 커피를 건넸다. 다른 이들은 대기소에 마련되어 있는 휴게실 안으로 들어가 간만에 찾아온 휴식을 즐겼다.

"거기 수인족님들, 햄버거는 한 사람당 하나씩이에요! 현재 물량이 부족하다구요! 라면은 남으니까 그걸로 가져가세요!"

"갑옷 수리는 언제 되나요?"

"곧 끝납니다! 그러니 기다려 주세요! 아! 그건 건드리지 마세요! 조금 있다가 나눠 드릴 겁니다! 이봐요! 거기! 호랑이 새끼야! 햄버거 건드리지 말라니까!"

"으엉?"

"아오, 말 좀 들어라! 엘프들처럼 얌전하게 좀 굴란 말이야! 동물농장 새끼들아! 휴게실에서 뛰어다니지 마! 무너진다고!"

"으하하하! 아가씨 화끈한데? 콜라는 없어?"

대기소에서 목청이 터져라 외치는 견인족 여인이 보인다. 이리저리 들쑤시고 다니는 아르케디아인들을 관리하느라 대단히 힘들어 보였다.

김수정이 손에 봉지를 들고 신성에게 다가왔다.

"김밥 드시겠습니까? 햄버거도 있더군요."

"햄버거는… 괜찮습니다."

김수정이 건넨 김밥을 받아 들고 대기소 밖의 풍경을 바라보았다. 가까이 보이는 마석에서는 어둠의 기류가 뿜어져 나오고 있었지만 아르케디아인들은 각자의 자리를 지키며 시끌벅적하게 떠들고 있었다.

모닥불을 피워놓고 악기를 연주하거나 건물과 건물 사이를 전력으로 달리며 몸을 푸는 등 두려운 기색은 찾아볼 수 없었다. 1차 웨이브 때 대승한 덕분이다.

"서울도 이렇게 보니 판타지스럽군요."

"마석이랑 나무 성벽 때문이 아닐까요? 그리고 각 종족도 모여 있구요."

"게임이었다면 새로운 맵이라 생각했을 것 같습니다. 마치 공성전을 하기 위해 모여 있는 느낌입니다. 대단히 들떠 있는 분위기군요."

"그러네요. 즐거운 분위기인데… 곧 몬스터들이 쏟아져 나오겠죠?"

김수정과 이유리의 대화처럼 차라리 아르케디아 온라인의 새로운 맵이라고 생각되는 풍경이었다.

건물들은 마력장에 의해 급속도로 약해져 창문이 깨져 나가고 녹이 슬어가고 있었다. 마석과 가까이 있는 현대 문물은 마치 오랜 세월이 지난 것처럼 훼손되어 있었다. 그런 종말과 같은 분위기 속에서 자라나 있는 나무들은 색다른 풍경을 만들어주었다.

나무 위에서 휴식을 취하고 있는 엘프들과 엘프들이 소환한 정령들, 조용히 무리를 형성하여 서 있는 다크엘프들, 이리저리 뛰어다니며 활발하게 돌아다니는 수인족들이 어울리며 더욱 색다른 광경이 연출되고 있었다. 게다가 휴먼족, 드워프족, 그리고 휴먼족이 각성한 엘더까지 보이니 이곳이 마치 서울이 아닌 것만 같았다.

'페어리들도 있군.'

무척이나 작은 체구에 빛나는 날개를 가진 페어리들은 연금술에 능한 종족이다. 많지는 않았지만 여기저기서 드워프들과 함께 장비를 수리하고 있었다.

신성은 그러한 풍경을 바라보며 김밥을 먹었다. 편의점 김밥이지만 꼬박 밤을 지새우고 먹는 터라 굉장히 맛있었다. 문득 군대 시절이 떠올라 살짝 웃음을 흘린 신성이다.

커피의 달콤한 맛도 상당히 좋았다. 신성은 단것을 무척이나 좋아했다. 그것은 잘 먹어보지 못했기 때문인지도 몰랐다. 아르케디아 온라인에서도 장비를 맞추기 위해 군것질을 전혀 하지 않은 신성이다. 중요 공략을 앞두고 있을 때는 거의 굶다시피 했다.

김밥을 모두 먹을 때쯤 신성을 대기소로 안내한 엘프가 다가왔다.

"지금 가시면 될 것 같습니다. 에르소나 님은 저 앞에 있는 막사에 계십니다."

"네, 감사합니다."

"그럼 좋은 사냥되시길."

엘프는 아르케디아 온라인의 인사법을 행한 후 사라졌다. 이 게임 같은 현실에 완벽히 적응한 것 같았다. 육체의 영향 때문인지 신성 역시 큰 거부감 없이 적응되어 가고 있었다. 가끔씩 이곳이 게임인지 아니면 현실인지 구별이 모호해질 때가 있기는 했지만 말이다.

신성은 엘프가 가리킨 막사를 바라보며 걸었다. 막사는 일반적인 막사가 아니었다. 아르케디아 온라인의 필드에서나 볼 법한 커다란 나뭇잎으로 만들어져 있었다. 현대의 건물과는 전혀 어울리지 않았지만 의외로 이런 종말적인 분위기에는 녹아들고 있었다.

정령들과 엘프족, 그리고 수인족들이 삼엄하게 경계를 하고 있었는데 그것이 에르소나의 위치를 잘 알려주었다. 그녀는 아르케디아인들을 대표하는 자였다.

신성이 막사로 다가가자 이미 이야기가 되어 있었는지 주변을 지키고 있던 자들이 인사를 하며 옆으로 비켜주었다. 신성은 넓은 나뭇잎으로 만들어진 문을 열고 안으로 들어섰다.

막사 중앙에 마련되어 있는 커다란 테이블이 보인다. 맵핑을 한 지도가 투영되어 있고 그 바로 앞에 에르소나가 서 있었다.

'지휘관의 스킬이군.'

'지휘관의 눈'이라는 스킬이다.

맵핑된 지역의 정보를 실시간으로 파악할 수 있는 스킬이다. 물론 그렇게 하기 위해서는 현장에 길드원이나 정령이 파견되어 있어야 하는 조건이 붙었다.

이 막사 역시 지휘관의 스킬이 부여되어 있었다. 아르케디아 온라인에서 1위 길드를 이끈 자답게 지휘관 스킬을 다수 보유하고 있었다.

신성과 에르소나의 눈이 마주쳤다. 에르소나의 눈동자가 잠시 흔들렸다. 그러나 그런 기색은 곧 사라지고 냉정함을 되찾았다.

분명한 것은 신성의 외모 때문에 흔들린 것은 아니었다.

"반갑습니다. 에르소나입니다."

"이신성입니다."

"이야기는 들었습니다. 오십 명을 이끌고 오셨더군요. 이동 당시에 숫자가 비어서 당황했습니다."

"예, 공간 이동 도중에 튕겨져 나간 것 같습니다."

에르소나는 고개를 끄덕였다. 그녀는 잠시 무언가를 곰곰이 생각하다가 신성에게 앉을 것을 권했다. 신성이 자리에 앉는 것을 본 에르소나는 신성에게 살짝 고개를 숙이며 허락을 구하더니 자리에 앉았다.

그 모습은 신성조차 깜짝 놀랄 정도로 의외였다.

"저에게 그런 예를 차리실 필요는 없습니다."

"아닙니다. 마땅히 높임을 받아야 할 존재십니다."

신성의 눈동자가 가라앉았다. 황금빛을 머금은 눈동자가 에르소나를 꿰뚫어 보았다.

'하이엘프의 스킬, 진실의 눈……'

아르케디아 온라인에서는 시야를 확장시켜 주고 함정, 저주 등을 꿰뚫어 보는 스킬로 알려져 있었지만 아르케디아 온라인의 설정에서는 부가적인 것이 포함되어 있었다. 그것은 상대를 이해하고 진실을 꿰뚫어 볼 수 있다는 설정이다.

게임에서는 구현에 무리가 있어 구현되지 않았지만 현실화가 되면서 구현된 것 같았다. 에르소나는 자신이 최상위 종족이라는 것을 알아차린 것이 분명했다. 신성을 꿰뚫어 보지는 못했지만 자신보다 상위의 존재임은 인식한 것이다.

아르케디아 온라인에서 최상위 종족에 닿을 수 있는 사람은 단 한 사람밖에 없었다. 바로 랭킹 1위이던 신성이다. 지금 신성의 모습은 크게 달라졌지만 에르소나는 그가 누구인지 확신하고 있었다.

"우리는 같은 인간일 뿐입니다. 높고 낮음은 존재하지 않습니다."

"과거에는 그랬지요. 하지만 우리는 지금 아르케디아인입니다. 인간들이 우리를 구별하며 말하는 명칭이지요."

"단지… 갑작스러운 상황에 혼란스럽기 때문입니다."

"다름으로부터 모든 것이 출발하지요. 혼란도 단지 시작일 뿐입니다. 우리는 먼저 인간들로부터 구분되었습니다."

에르소나는 시종일관 예를 갖추었다. 신성은 그녀가 그런 태도를 취하는 것이 불쾌했다. 단지 겉모습만 바뀌었을 뿐이지 아르케디아인도 똑같은 인간이기 때문이다. 잠시 말을 나눈 것뿐이지만 그녀는 지금 인간과 아르케디아인을 구별하고 있었다.

"아르케디아인들은 순수합니다. 물론 탐욕스러운 자, 이기적인 자, 그리고 사악한 자들도 있지만 본질적으로 그들은 인간과 다릅니다. 각자 자신의 신념과 그에 어울리는 높은 정신을 지니고 있습니다. 신성 님께서도 느끼고 계시지 않습니까? 그 황금빛으로 빛나는 눈동자로 인간을 볼 때 무슨 감정이 드십니까?"

"…아무런 감정도 없습니다."

"과연 그럴까요?"

신성에게 일반인은 보살펴야 할 대상으로 보였다. 그들이 한없이 약한 약자로만 보였다. 그것은 단지 자신이 힘을 지녔기 때문만은 아니었다. 그들에게 품은 동정과 연민은 단지 같은 인간이기 때문에 드는 감정과는 조금 달랐다. 신성은 자신의 마음속 깊은 곳에서 사람들을 아래로 보고 있음을 깨달았다.

일반인이 자신과 동등한 위치에 놓이는 것을 정신 깊이 도사리고 있는 무언가가 거부하고 있었다.

'드래고니안… 드래곤의 가능성인가.'

신성은 드래곤이 될 가능성을 지니고 있었다. 어쩌면 최종 보스이던 용신과 같은 힘을 얻을 수도 있을 것이다.

그런 가능성을 지닌 자신이 과연 인간이라 부를 수 있을까? 그러나 신성은 그러한 설정 놀음에 휘둘려서는 안 된다고 생각했다. 근본적인 것을 잊는다면 우리는 자신조차 모르는 다른 무언가가 되어버릴 것이다.

"하이엘프가 되면서 얻은 진실의 눈, 그것으로 본 인간은 정말 추악하더군요. 저는 절대 그 추악함이 아르케디아인을 물들이게 놔두지 않을 것입니다."

"우리는 단지 휩쓸려 버린 인간들일 뿐입니다. 각자 가족과 친구들이 있습니다. 에르소나 님, 그들은 결코 적이 아닙니다."

"신성 님께서는 대단히 숭고한 정신을 지니고 계시군요. 저도 적으로 생각한 적은 없습니다. 그저 구분을 할 뿐이지요.

구분 뒤에 차별이 나타날 것인지는 인간들 손에 달렸겠지요."

에르소나가 진심이 담긴 웃음을 내보였다. 지금까지 쓰고 있던 가면과는 전혀 다른 모습이다. 루나와 견주어도 손색이 없을 정도로 아름다운 미모에서 나오는 웃음은 동성의 엘프라도 단번에 홀려 버릴 것 같았다. 그러나 신성은 전혀 흔들림이 없었다. 오히려 신성에게 몰두하고 있는 것은 에르소나였다. 신성의 강렬한 존재감이 에르소나를 끌어당기고 있었다.

신성과 에르소나의 생각은 완전히 달랐다. 더 이상 이야기를 나누어봤자 제자리걸음일 뿐이다.

"시간이 괜찮다면 다른 분들께 신성 님을 소개시켜 드리고 싶군요. 신성 님께서 아르케디아인들을 이끌어 가신다면 우리에게는 큰 축복이 될 것입니다."

"그런 자리에는 관심 없습니다."

신성의 날 선 대답에도 에르소나는 웃음을 유지했다. 신성은 그런 에르소나가 마음에 들지 않았다. 빨리 용건을 마치고 이 자리를 떠나고 싶었다.

"본론으로 넘어가지요."

신성은 지하철을 통해 밖으로 이어져 있는 통로에 대해 자세히 이야기해 주었다. 자신이 발견한 통로는 막아버렸으나 다른 통로가 있을 수도 있다고 말해준 것이다.

그러나 에르소나의 표정은 변하지 않았다.

"그곳을 막으셨군요."

신성은 그렇게 말하는 에르소나의 표정에서 섬뜩함을 느꼈다. 에르소나는 테이블 위에 형성되어 있는 맵을 바라보다가 신성에게로 다시 시선을 옮겼다. 신성은 에르소나가 그 통로에 대해 알고 있다는 것을 깨달았다.

"알고 계셨습니까?"

"마석의 마력장 영향권에 있는 작은 구멍이었지요."

"왜 가만히 놔둔 것입니까? 그것이 일으킬 피해를 예상하지 못하신 겁니까?"

에르소나는 신성의 말에 망설임 없이 고개를 저었다.

"나무 성벽의 건설이 완료되었을 때 구멍을 발견했습니다. 마력장의 영향으로 주변 역들의 진입로는 무너져 있어 먼 곳까지 돌아가야 했지요. 지휘 체계가 잡힌 지금이라 해도 예상되는 승률은 겨우 65%입니다. 전력 분산을 할 여유가 없었습니다."

에르소나는 평온한 어조로 말을 이었다.

"몬스터 게이트가 열려 마력장이 옅어지면 최우선적으로 구멍을 없앨 것이니 빠져나가는 고블린 수는 적을 것입니다. 마석이 닫힌 후에 후속 조치를 하는 편이 가장 안전하겠지요. 저는 이곳을 책임지는 자로서 조금이라도 저희가 위험에 처할 수 있는 판단은 할 수 없습니다."

신성은 단지 그것만으로 그녀가 가만히 있었으리라고는 생각하지 않았다. 무언가 다른 이유가 있는 것이 분명했다. 명분상의 이유가 아니라 전략적인, 이득을 위한 이유가 말이다.

"그 이유가 전부는 아니겠지요."

"그렇습니다."

에르소나는 순순히 인정했다. 그녀는 신성에게 속내를 감출 마음이 없어 보였다. 모든 것을 내보이며 신성을 회유하려 하고 있었다.

"정부의 고위층과 이야기를 나누어봤습니다. 우리를 괴물 취급하더군요. 그럼에도 마석이 나타났을 때 우린 수차례 경고했습니다. 그러나 알아서 해결할 테니 간섭하지 말라더군요. 심지어 몇몇 고위층 인사는 우리를 국가 시설에 감금해야 한다고 주장했습니다. 단지 국익을 위해서 우리를 그저 연구할 가치가 있는 물건 취급하였습니다."

신성 역시 에르소나가 정부 측과 만난 것을 소문으로 들어 알고 있었다. 좋은 이야기가 오갔으리라고는 생각하지 않았다. 사람은 상식을 초월하는 새로운 것에 두려움을 갖게 마련이고 그것이 적대적인 행동으로 이어질 수 있었다.

"저도 그들처럼 이득을 위해서 움직일 생각입니다. 다르게 생각해 본다면 그 구멍은 좋은 기회였습니다. 일어날지도 모르는 작은 피해가 아르케디아인들을 하나로 묶어줄 테니까요. 어디에도 안전한 장소는 없다. 가족, 친구, 그리고 주변인들이 위험하다. 그렇게 판단된다면 추후에 있을 마석 공략에도 이번보다 많은 이가 합류할 것입니다. 그리고 각 나라의 정부는 이 사태를 신중하게 판단하겠지요. 우리가 없으면 과연 어떻게 되는지 말입니다. 저는 아르케디아인들을 위해 모든 것을 뜯어낼 작정입니다."

"사람의 목숨을 뭐라고 생각하시는 겁니까? 우리는 몬스터가 아닙니다. 우리는……."

"우리는 훨씬 우월한 존재이지요."

그렇게 말한 에르소나는 작게 미소 지었다. 그녀의 미소는 아름다웠지만 유난히 차갑게 느껴졌다. 인간미라고는 하나도 느껴지지 않았다. 그저 아름다운 조각상을 보는 것 같은 느낌이다.

"아르케디아인들의 희생이 지금 인간들을 지켜주고 있는 것입니다. 1차 웨이브 때 백 명이 넘는 아르케디아인이 죽었습니다. 목숨 값을 비교한다면 아르케디아인이 백 배, 아니, 천 배는 귀중하겠지요. 인간들도 그 정도 역할은 해주어야 되지 않겠습니까? 인간들의 죽음이 아르케디아인들에게 계기를 마련해 준다면 제 몫을 다한 것입니다."

"혹시 고블린을 밖으로 내보낼 생각이십니까?"

"그것이 필요하다고 판단된다면 망설이지 않을 것입니다."

에르소나의 눈빛에는 진심이 담겨 있었다. 그녀는 그런 극단적인 수까지 검토하고 있었다.

"아르케디아인은 이득을 위해 이곳에 온 것이 아닙니다. 그들이 무엇을 지키기 위해 목숨을 걸고 있는지 잘 아시지 않습니까?"

"인간들을 지키기 위해, 가족들을 지키기 위해. 좋은 이유입니다. 하지만 이곳은 게임이 아닙니다. 현실은 그런 이상적인 이유만으로 돌아가지 않습니다. 물론 저도 인간들이 의미 없이 희생되는 것은 바라지 않습니다. 그들도 나름 쓸모가 있겠지요. 분명한 것은 아르케디아인은 인간보다 위에 있어야 합니다. 앞으로 다가올 시련을 생각할 때 아르케디아인은 최대한 보호받아야 합니다. 아인트 님, 김갑진 님도 저랑 같은 생각이십니다."

신성은 에르소나와 눈을 맞추었다.

신성의 격한 감정으로 일렁이는 황금빛 눈동자에 에르소나의 차가운 표정이 변해갔다. 에르소나의 얼굴은 평온했지만 살짝 붉어져 있었다. 그녀는 눈동자에서 갈망이 느껴졌다. 그녀는 신성이 지니게 될 무한한 가능성을 원하고 있었다.

너무나 아름다운 얼굴이었지만 신성이 느낀 것은 역겨울 정도로 차가운 감각뿐이었다. 신성의 마력을 따라 드래곤 피어가 뿜어져 나오며 주변 사물을 흔들었다.

에르소나의 눈빛이 살짝 떨리기는 했지만 표정은 변하지 않았다.

신성은 깊은 숨을 내쉬었다. 신성은 그녀의 생각을 일방적으로 비난할 수만은 없었다. 애초부터 옳고 그름의 문제가 아니었다. 이 사태를 대하는 가치관의 차이일 것이다.

에르소나는 자신의 신념을 확실히 세우고 있었다.

지금 헤매고 있는 것은 자신이었다. 신성은 갑작스러운 상황에 이리저리 표류하고 있었다.

'어떤 길이 옳은가. 어떤 길이 효율적인가. 무엇을 얻을 수 있나.'

그런 생각들이 머릿속에 떠올랐다.

'나는 무엇이 되어야 하지? 드래곤? 사람? 아니면……'

신성은 자신이 무엇이든 될 수 있다고 직감했다. 무엇이 될지는 이 작은 결정에서부터 시작될 것이다. 그것이 씨앗이 되어 자라날 것이다.

드래곤.

드래곤은 결코 평화와 함께하는 존재가 아니었다. 아득히 높은 곳에서 밑을 내려다보며 지배하는 자였다. 그럴 만한 힘이 있었고 그럴 자격이 있었다. 자신의 몸 안에 꿈틀거리는 드래곤의 힘이 그렇게 속삭였다.

'결국에는 그 용신처럼 될지도 모르지.'

드래곤 하트에서 울려 퍼지는 고동이 중심을 잃지 말라고 말해주었다. 주어진 상황에 휘둘리지 말고 스스로가 바로 서서 완전해지라고 말해주었다.

드래고니안은 그런 존재였다. 드래곤도 사람도 아닌, 어디든 뻗어 나갈 수 있는 가능성을 지닌 존재였다.

신성은 할머니가 떠올랐다.

할머니와 함께 일군 황금 들판을 보며 신성은 악착같이 살아서 남부럽지 않게 살아가는 모습을 보여드리겠다고 말했다. 자신을 버리고 떠난 부모님에 대한 원망, 분노, 그리고 모든 것을 빼앗아 간 자들에 대한 살의를 담은 말이었다. 그러나 그의 할머니는 유니크 아이템인 빛나는 황금 삽으로 신성의 머리를 후려치며 말했다.

'사람이 사람답게 살아야 사람이지. 신성아, 앞으로는 그렇게 귀신처럼 살지 말거라. 그런 썩어빠진 놈들 때문에 네가 귀신처럼 살면 어찌하느냐. 세상은 스스로 웃을 수 있는 자가 이기는 거란다. 인생을 뒤돌아봤을 때 진정으로 웃을 수 있는 사람이 되거라.'

그 말을 잊고 있었다. 무수한 생각 속에서 망각되어 있었지만 드래고니안이 되면서 기억은 마치 어제 일처럼 생생하게 떠올랐다. 머릿속에서 보이는 그 광경은 지금도 따듯하게 다가오고 있었다. 덕분에 신성은 오히려 아르케디아인이 되면서 더욱 인간다워질 수 있었다.

드래곤은 완성된 정신을 지녔다. 드래곤은 결코 휘둘리는 존재가 아닌 스스로 갈 길을 만들어 가는 존재였다.

신성은 지금 스스로의 정신을 완성해 나가는 단계인지도 몰랐다. 아직 그는 미숙한 해츨링이었지만 앞으로 자신의 모습을 충분히 만들어 나갈 수 있을 것이다.

신성의 눈빛이 차분해졌다.

그는 드래고니안이었다.

그는 드래곤이었고 동시에 사람이었다. 혼란스러운 것은 당연한 일이었다. 그것을 애써 바꾸려 할 필요가 없었다. 상황에 따라서 그 이면을 드러내면 될 것이다.

"다시 제안하겠습니다. 저희와 함께하시지요. 앞으로 일어날 모든 공략에 신성 님의 힘이 필요합니다. 저와 함께 세상을 다시 만들지 않겠습니까? 우리는 완전한 세상을 만들 수 있을 것입니다. 이미 실패한 인간들과는 다른 세상 말입니다."

"저와 함께 세상을 만들 수는 없을 것입니다. 당신이 바라는 세상이 아닐 테니까요."

에르소나는 차가운 신성의 말에 살짝 몸을 떨었다. 신성은 지금까지의 분위기와 완전히 달라져 있었다.

최상위 포식자이면서 모든 것을 지배하는 제왕의 기세가 느껴졌다. 에르소나는 신성의 강렬한 존재감이 자신의 혼백을 잡아채는 듯한 오싹함을 느꼈다.

"에르소나 님, 당신의 논리에 따르면 당신 앞에 펼쳐질 세상은 내가 지배하는 세상일 것입니다."

"지배하는 세상?"

"내 밑에 있는 하찮은 것들이 죽든 살든 상관없겠지요. 우월한 내가 위에 군림하여 몬스터만 막아내면 그만 아닙니까? 최상위 종족인 나에게 하이엘프든, 다크엘프든, 수인족이든, 그리고 인간이든 다 똑같을 것입니다. 자신이 우월 종족이기에 세상을 만든다? 참으로 좋은 논리입니다. 나에게는 말이지요."

처음으로 에르소나의 감정이 흐트러졌다. 에르소나는 입술을 잘근 깨물었다. 신성은 결코 그녀와 대등한 존재가 아니었다. 과거에도 그랬고 지금도 그러했다. 아니, 오히려 그 격차는 더 벌어져 있었다.

신성은 천천히 들끓는 마음을 가라앉혔다.

"하지만 에르소나 님 말대로 이곳은 현실이지 않습니까? 게임과 달리 상황은 언제든지 뒤집어질 수 있습니다. 이상과 논리 어떤 것도 정답이 아니겠지요."

신성과 에르소나의 눈동자를 바라보았다. 그녀가 바라볼
수 있는 진실은 신성에게 잡아먹히고 있었다.

"저 역시 에르소나 님께서 아르케디아인들을 보호해 주실
거라 믿고 있습니다. 마땅히 그들의 권익을 보장해 주어야 하
지요. 다만 그 수단은 다시 생각해 보셔야 할 것 같습니다.
에르소나 님의 능력과 지혜라면 이 상황을 평화롭게 반전시
킬 수 있을 것입니다. 이용만 당하는 호구가 되라는 것은 절
대 아닙니다. 우리 앞에 당면한 과제를 봤을 때 아르케디아인
에 대한 우대는 당연한 것이겠지요. 분명 받을 건 받아야 합
니다."

"……."

"다만 아르케디아인들이 무고한 일반인들의 희생을 딛고
성장하는 몬스터가 될 필요는 없습니다. 지금 당장은 결속이
될지도 모르지요. 하지만 멀리 보자면 그것은 분열을 자초하
게 될 것입니다. 아르케디아인들도 각자 다른 생각과 감정을
지닌 존재니까요. 차라리 그들을 영웅으로 만드는 것이 옳을
것입니다."

에르소나의 관점으로 판단하면 신성에게 있어서 아르케디
아인도 인간과 다를 바가 없었다.

신성은 최상위 종족이다. 그 · 밑의 종족은 모두 똑같을 뿐

이다. 인간이나 다른 아르케디아인이나 말이다. 오히려 인간보다 아르케디아인이 훨씬 이용 가치가 있었다. 그들을 착취하고 이용해서 보스들을 막아내고 막대한 이득을 취할 계획도 이미 머릿속에 떠올랐다.

우월한 자신이 이득을 위해 하위 종족들을 희생시킨다고 해도 에르소나는 할 말이 없을 것이다. 아르케디아인이 얼마나 희생당하건 그저 몬스터만 막아내면 그만이 아닌가? 최상위 종족인 자신이 하찮은 종족들의 목숨을 신경 쓸 이유가 있나? 자신은 우월했고 눈앞에 있는 에르소나조차 자신이 지닌 가능성과는 비교할 수 없었다.

이것이 바로 드래곤의 관점이었다. 드래곤은 세상 아래 홀로 존재했다. 그들은 신조차 아래로 보는 오만한 종족이었다.

'꽤나 재미있는 생각이야.'

그러나 그는 절반은 인간이었다.

왜 지금 아르케디아인들이 죽음을 각오하고 이곳에 왔는지 생각해 보아야 할 문제였다. 그들을 하나로 묶은 것은 에르소나의 역량도 있지만 다른 이유도 있었다.

바로 가족과 친구들을 지키고 싶어하는 의지였다. 그것이 배제되어 이득만을 위해 움직인다면 아르케디아인들은 오히려 분열될지도 몰랐다. 아르케디아인 스스로가 혼란을 받아

들이고 스스로의 가치관을 세울 시간이 필요했다.

아르케디아인의 대표로 있는 에르소나는 그 점을 반드시 고민해야 했다.

에르소나는 아르케디아인들에게 꼭 필요한 존재였다. 자신의 위치를 파악하고 순식간에 주변을 장악하고 영민한 움직임을 보여준 것을 보면 잘 알 수 있었다.

신성은 에르소나의 능력은 인정하고 있었다. 자신보다 나은 점이 많았다. 배울 점 또한 있었다.

에르소나라면 정부나 기타 다른 이익 집단들로부터 아르케디아인들을 보호해 줄 수 있을 것이며 그들의 권익을 대변해 줄 수 있을 것이다.

에르소나는 신성의 말에 깊이 고심하고 있었다. 그것은 과거와는 다른 모습이다.

'나도 그녀도 변해가겠지. 이곳은 현실이니까.'

신성은 피식 웃었다.

하고 싶은 것을 한다. 즐거운 것을 한다. 실패하더라도 결과에 승복하고 재도전한다. 주변에서 뭐라고 떠들던 자신의 갈 길을 간다. 호의는 호의로 갚는다. 자신에게 해를 끼치면 몇 배로 보복한다.

그리고 목표는 반드시 이룬다.

그것이 신성을 지탱해 주던 생각이다. 에르소나가 추구하는 길은 결코 즐겁지 않을 것이다. 하고 싶은 것을 할 수 없을 것이다.

신성 역시 보통이 아닌 자였다. 평범했다면 어찌 랭킹 1위를 찍을 수는 있었을까?

정부든 다른 인물이든 자신에게 손해를 입힌다면 즉시 몇 배로 불려서 되돌려 줄 것이다. 에르소나와 전쟁을 한 이유도 그러했다.

'나도 내 길이 있어.'

신성은 주변 상황에 휘둘리지 않고 스스로의 힘으로 다시 정상에 우뚝 설 것을 다짐했다. 지금의 상황처럼 선택하는 자가 아닌 선택하게 하는 자가 될 것이다. 한 나라의 정부든, 에르소나든, 아르케디아인들이든 말이다.

남을 차별한다면 차별당할 것을 감수해야만 한다. 남의 것을 뺏는다면 그만한 대가를 각오해야 한다.

우월함은 단지 종족의 차이에서 오는 것이 아니었다. 그것과는 다른, 각자가 지닌 가치에서 나오는 것이다. 사악한 인간도 있고 숭고한 인간도 있다. 단지 약하다는 이유만으로 그 둘을 똑같이 하찮게 여길 수 있을까?

오히려 최상위 종족인 신성의 관점에서는 그것이 명확히 보였다. 드래곤의 입장에서 보면 자신 이외에 모든 종족은 하찮았지만 신성은 사람의 입장에서 생각해 볼 수 있는 시각 역시 지니고 있었다.

에르소나는 신성을 이해하지 못할 것이다. 하이엘프가 지닌 진실의 눈이 오히려 그녀에게 독이 될 수도 있었다.

표정이 굳어 있는 에르소나가 천천히 입을 뗐었다.

"우리는 결국 같은 길로 갈 수는 없겠군요. 당신은 애초부터 우리와 같은 선상에 놓여 있지 않으니."

"저도 몬스터 공략은 할 것입니다. 예전에 그랬듯이 모두 정복할 것입니다. 에르소나 님의 방식과는 다르겠지요. 전 혼자가 편하니까요."

에르소나는 눈을 감으며 깊은 숨을 내쉬었다.

"예전과 같군요. 예전과……."

에르소나가 작게 중얼거리듯 말했다.

신성과 그녀는 아르케디아 온라인에서 만나 이야기를 나눈 적이 있었다. 결과는 지금과 비슷했다. 서로 생각하는 방식이 너무나 달랐다.

그 끝은 결국 전쟁으로 이어졌다. 그리고 현재 신성과 에르소나의 악연은 아직도 끝나지 않고 있었다.

에르소나는 감정의 정리를 끝낸 것인지 다시 차분한 표정으로 신성을 바라보았다.

"저희 쪽에 계실 수 없다면 부디 물러나 주시겠습니까? 신성 님 때문에 지휘 체계가 붕괴될 우려가 있습니다. 2차 웨이브를 막는 것은 저희만으로도 충분하니 걱정하지 마십시오."

"고블린 단 한 마리라도 나무 성벽 밖으로 나가게 하지 않는다면."

희생이 아르케디아인들을 하나로 묶어줄 수 있었지만 반대로 분열의 씨앗을 심을 수도 있다는 것을 에르소나 역시 일부 인정했다.

"알겠습니다. 약속하지요. 고블린은 모두 이곳에서 사라질 것입니다."

냉정함을 되찾은 에르소나는 빠르게 계획을 세우고 있었다. 에르소나는 신성이 함께하지 않는다고 하자 본격적으로 견제를 시작하고 있는 것이다. 적대적인 태도는 보이지 않고 있었지만 신성의 성장을 저지하려는 것은 확실했다. 신성은 그녀가 자신을 라이벌로 인식하였음을 알아차렸다.

'역시……'

별로 놀라운 일은 아니었다. 상대가 바로 저 에르소나이니 말이다.

이곳에는 에르소나의 지휘 능력이 필요했다. 에르소나와 그녀의 측근들이 없다면 승률은 급격히 떨어질 것이다.

아르케디아인들에게는 자신보다 에르소나가 필요했다.

지금은 물러날 때였다. 그러나 에르소나의 우위가 계속 이어지지는 않을 것이다.

[아르케디안 초대 지휘관 에르소나가 토벌대 명예 탈퇴를 권유하였습니다. 받아들이시겠습니까?]

신성은 고개를 끄덕였다.

『드래곤 레이드』 2권에 계속…

초대형 24시 만화방

신간 100%, 샤워실, 흡연실, 수면실(침대석), 커플석, 세탁기 완비

■ 시흥 정왕25시점 ■

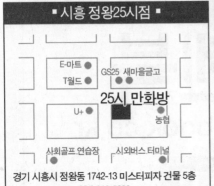

경기 시흥시 정왕동 1742-13 미스터피자 건물 5층
031) 319-5629

■ 강북 노원역점 ■

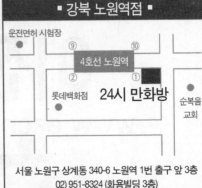

서울 노원구 상계동 340-6 노원역 1번 출구 앞 3층
02) 951-8324 (화용빌딩 3층)

■ 일산 정발산역점 ■

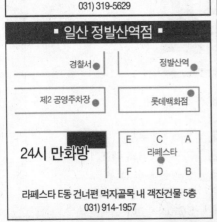

라페스타 E동 건너편 먹자골목 내 객잔건물 5층
031) 914-1957

■ 일산 화정역점 ■

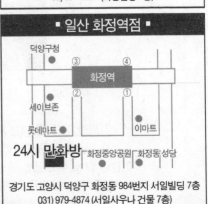

경기도 고양시 덕양구 화정동 984번지 서일빌딩 7층
031) 979-4874 (서일사우나 건물 7층)

■ 부천 역곡역점 ■

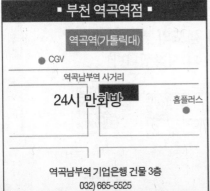

역곡남부역 기업은행 건물 3층
032) 665-5525

■ 부평역점 ■

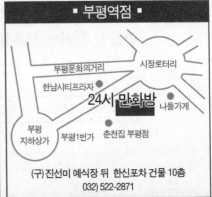

(구) 진선미 예식장 뒤 한신포차 건물 10층
032) 522-2871

현윤 장편소설

FUSION FANTASTIC STORY

현대무림
지존

무참히 살해당한 부모님의 복수를 위해
모든 걸 걸었다!

『현대 무림 지존』

"너희들의 머리 위에 서 있는 건 나다."

잔혹한 진실을 딛고 진정한 무인으로 거듭나는
태하의 행보를 주목하라!

Book Publishing CHUNGEORAM

유행이 아닌 자유추구 -
WWW.chungeoram.com

FUSION FANTASTIC STORY

텀블러 장편소설

현대 천마록

천하를 호령하고, 전 무림을 통합한
일월신교의 교주 천하랑.
사람들은 그를 천마, 혹은 혈마대제라고 불렀다.

『현대 천마록』

무공의 끝은 불로불사가 되는 것이라 생각했지만
그로서도 자연의 섭리 앞에선 어쩔 수 없었다!

'그렇게 많은 피를 흘렸음에도 불구하고
죽을 때가 되니 남는 것이 없군그래.'

거듭된 고련 끝에 천하랑의 영혼이
존재하지 않게 된 그 순간
그의 영혼은 현세에서 천마로서 눈을 뜬다!

Book Publishing CHUNGEORAM

유행이 아닌 자유추구 -
WWW. chungeoram.com

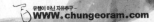

이모탈 퓨전 판타지 소설
FUSION FANTASTIC STORY

용병들의 대지
Road of Mercenaries

이 세계엔 3개의 성역이 존재한다.
기사들의 성역, 에퀘스.
마법사들의 성역, 바벨의 탑.
그리고… 그들의 끊임없는 견제 속에 탄생하지 못한

『용병들의 대지』

전쟁터의 가장 밑을 뒹굴던 하급 용병 아론은
이차원의 자신을 살해하고 최강을 노릴 힘을 가지게 된다.

그의 앞으로 찾아온 새로운 인생!
아론은 전설로만 전해지던
용병들의 대지를 실현시킬 수 있을 것인가!

Book Publishing CHUNGEORAM

유행이아닌 개성추구
WWW. chungeoram.com

FUSION FANTASTIC STORY

텀블러 장편소설

현대
천마록

천하를 호령하고 전 무림을 통합한
일월신교의 교주 천하랑.
사람들은 그를 천마, 혹은 혈마대제라고 불렀다.

『현대 천마록』

무공의 끝은 불로불사가 되는 것이라 생각했지만
그로서도 자연의 섭리 앞에선 어쩔 수 없었다!

'그렇게 많은 피를 흘렸음에도 불구하고
죽을 때가 되니 남는 것이 없군그래.'

거듭된 고련 끝에 천하랑의 영혼이
존재하지 않게 된 그 순간
그의 영혼은 현세에서 천마로서 눈을 뜬다!

Book Publishing CHUNGEORAM

유행이 아닌 자유추구 -
WWW.chungeoram.com

FUSION FANTASTIC STORY
가프 장편소설

시크릿 메즈
SECRET
MEZ

−너는 10,000개의 특별한 뉴런을 더하게 되었어.
매직 뉴런, 불멸의 뉴런이지.

실험실 알바를 통해 만난 '6번 뇌'.
우연한 만남은 이강토를 신비의 세계로 이끈다.

『 시크릿 메즈 』

매직 뉴런을 탑재한 이강토의
정재계를 아우르는 좌충우돌 정의구현!
긴장하라, 당신이 누구든 운명은 이미 그의 손안에 있으니!

"무슨 꿍꿍이가 있는지, 어디 한번 봐볼까?"

Book Publishing CHUNGEORAM

유행이 아닌 자유추구 -
WWW.chungeoram.com